NADA A PERDER 3

EDIR MACEDO

NADA A PERDER 3

DO CORETO AO TEMPLO DE SALOMÃO: A FÉ QUE TRANSFORMA

Planeta

Preparação e revisão: Regina de Oliveira

Revisão: Gabriela Ghetti e Marcia Benjamim

Projeto gráfico e diagramação: Thiago Sousa | all4type.com.br

Capa: Compañía

Imagens de capa: Demétrio Koch

Fotos de miolo: Demétrio Koch, Lumi Zúnica, Emiliano Capozoli, Maël Boutin, Bobbi Shampoo Barcellano, Christian De Los Santos, Osny Arashiro, Fernando Natalici, Ernesto Pages, Laura Motta, Gabriel Borges e Maque Chavane, Pauty Araújo, José Célio, Marcelo Alves, Erik Teixeira, Arquivo Pessoal, Portal R7, Record Entretenimento, Reprodução TV Record e Cedoc/Unipro

Colaboração: Karla Dunder, Marcus Souza, Anne Campos, Douglas Crispim, Vagner Silva e Leandro Cipoloni

Agradecimentos: Clodomir Santos, Paulo Roberto Guimarães, Cristiane Cardoso, Renato Cardoso, Viviane Freitas, Júlio Freitas, Marcus Vinicius Vieira, Marcelo Silva, Marcelo Crivella, Marcelo Pires, David Higginbotham, Honorilton Gonçalves, Marcos Pereira, Adriana Guerra e Giovanni Oliveira

CIP-BRASIL. CATALOGAÇÃO-NA-FONTE
SINDICATO NACIONAL DOS EDITORES DE LIVROS, RJ

M119n
v.3

Macedo, Bispo, 1945-

Nada a perder / Edir Macedo, Douglas Tavolaro. - 1 ed. - São Paulo: Planeta, 2014.

ISBN 978-85-422-0414-8

1. Macedo, Bispo, 1945-. 2. Empresários - Brasil - Biografia. 3. Igreja Universal do Reino de Deus - Clero - Biografia. I. Tavolaro, Douglas. II. Título.

14-15138

CDD: 926.58
CDU: 929:658

2014

Editora Planeta do Brasil Ltda.
Rua Padre João Manoel, 100 – 21º andar – conj. 2101 a 2102
Edifício Horsa II - Conj. Nacional - Cerqueira César
01411-901 – São Paulo – SP
www.editoraplaneta.com.br
atendimento@editoraplaneta.com.br

Ao Espírito do Deus Altíssimo toda
a minha gratidão por Sua direção.

Sumário

Introdução

— Você sabe o que é criar um filho com amor e carinho, cercado de educação e de uma vida confortável, e de repente o sentir escapar pelas suas mãos?

A pergunta é de um bem-sucedido empresário do sul do Brasil, pai afetuoso de um jovem de 19 anos que se tornou viciado em drogas. Ter um filho sempre foi o seu sonho. Um único filho. De uma hora para outra, mesmo criado por uma família rica e de bons costumes, o garoto começou a experimentar cocaína até se afundar no crack.

— Eu fui pessoalmente tirar meu filho da boca de fumo seis, sete vezes. Ele foi internado mais de 20 vezes e sempre fugia ou agredia os funcionários da clínica. Em várias situações, tive que pagar muito dinheiro aos traficantes para não matarem meu garoto — conta o empresário, sem conter as lágrimas.

O pai confessa que não havia mais o que fazer. Era esperar a chegada de uma notícia trágica a qualquer momento. De repente, um pastor da Igreja Universal do Reino de Deus, também da mesma idade, passou a conviver com o jovem viciado e ajudar na sua recuperação. Passava horas ao seu lado, ouvia suas dores nas crises de abstinência, abraçava o rapaz e chorava com ele, transmitia a fé capaz de vencer o vício.

— Ele mal sabia falar ou escrever, mas tinha um coração gigante. Uma vontade enorme de socorrer meu filho. Era comovente ver os dois sentados na calçada por horas seguidas. Muitas vezes, da janela de casa, não me contive ao ver essa cena e o desejo desse pastor de salvar o meu único filho — relembra o empresário.

O jovem viciado largou o crack, voltou a estudar e hoje, casado e empresário ao lado do pai, se tornou um homem de bem, plenamente recuperado.

Essa história me foi contada pelo jornalista e escritor Douglas Tavolaro, vice-presidente de Jornalismo da Rede Record, coautor desta biografia e que levou nove anos para nos ajudar a recuperar lembranças, depoimentos, acervos e arquivos sobre a nossa trajetória. Foram centenas de horas de entrevistas dadas para ele, viagens pelo Brasil e ao redor do mundo, um resgate jamais realizado de documentos e imagens inéditas.

Mas o depoimento desse pai que teve o filho salvo das drogas responde a algumas das perguntas que mais ouço ao longo dos meus 50 anos como pregador da Palavra de Deus: qual o segredo do crescimento da Universal? Por que ela avança tanto por onde chega em qualquer parte do mundo?

Simples: a fé bíblica que me levou a conhecer o Deus Vivo de Israel transforma a vida das pessoas para valer. É um antes e depois irrefutável. Isso aconteceu comigo e com a própria Igreja Universal. Quem experimentou essa transformação não esquece nunca. Qual o tamanho da gratidão desse pai ao Espírito Santo, que mudou o destino do seu filho viciado? Como esquecer a dedicação e o amor daquele humilde pastor? Se a Universal não existisse, qual seria o fim daquela família?

Esse exemplo de vida se repete aos milhões em vários cantos do planeta, nas mais distintas relações do ser humano, resgatando a dignidade e a razão de existência de todos os tipos de marginalizados e reféns de agruras e agonias, e faz a Igreja não parar de crescer nunca. É a ação do próprio Deus.

Por isso, defendo arduamente minhas convicções e minha fé, independente dos ataques e discriminações que temos sofrido ao longo dos últimos tempos. Não me importo com as opiniões alheias. A salvação da alma é o maior tesouro do ser humano e eu luto por isso com todas as minhas forças, sem esperar o reconhecimento de ninguém. Espero apenas que as pessoas pensem por si próprias, sem influências preconceituosas, e decidam o melhor para elas.

Esse é o principal objetivo da biografia *Nada a perder*, que termina com este terceiro e último volume.

Esta obra não é uma simples retrospectiva, nem segue a linha cronológica de uma biografia convencional. Meu foco sempre foi compartilhar minhas experiências de vida e reflexões espirituais para alicerçar a crença dos que seguem a fé cristã e alcançar os que se consideram perdidos.

Mais uma vez, as recordações de Ester foram essenciais para a execução do texto e, por isso, ela já prepara um novo livro de memórias contando sua história e seus aprendizados como mulher de Deus, em um registro jamais realizado. Ester nunca contou sua trajetória, suas lutas e seus desafios interiores e tudo o que viu e viveu ao meu lado nesses 42 anos de casamento.

A minha união com Ester é também tema de *Nada a perder 3*. Revelo aqui minhas confidências como marido e pai de família. Nesta última parte da série, vamos mostrar ainda como a Universal alcançou mais de cem países, fiéis das mais diferentes culturas e costumes dos cinco continentes. E contamos todos os segredos sobre o maior projeto da trajetória da Igreja: o Templo de Salomão.

Encerro a trilogia *Nada a perder* agradecendo a todos os leitores que fizeram desta obra um inacreditável marco. Não imaginava a força que o livro teria. *Nada a perder* foi traduzido para o inglês, espanhol, francês, italiano, russo e holandês. As cenas se repetiram em todos os lançamentos nos dois primeiros volumes. Longas filas nas mais renomadas livrarias do planeta. Multidões no Brasil e no mundo. Ao total, foram mais de 120 lançamentos oficiais em 27 países, de quatro continentes, mais de 50 cidades da América, Europa, África e Ásia. Quase 3 milhões de pessoas passaram por livrarias de Nova York ao Rio de Janeiro.

Mesmo com toda essa repercussão no mundo, participei somente de uma sessão de lançamento: em um presídio de São Paulo. Fiz questão de entregar os livros, apertar as mãos dos detentos e orar por cada um deles, como sinal de que a Igreja acredita na recuperação dos excluídos.

Uma demonstração de que a força de *Nada a perder* vem da força da fé.

Muito obrigado. Boa leitura.

Deus abençoe a todos.

“E, se alguém me servir, o Pai o honrará”

(João 12.26)

CAPÍTULO 1

NOSSO MAPA DO MUNDO

A VISÃO DO EXTRAORDINÁRIO

Crer para ver. Você não leu errado, amigo leitor. A fé bíblica inverte o raciocínio lógico. Não temos que ver para crer, e sim crer com todas as forças do nosso ser para transformar o que imaginamos ou sonhamos em pura realidade. As histórias dos reis, profetas e discípulos, conquistadores do passado no Antigo e Novo Testamento, provam que sempre o ser humano creu na existência de algo inexistente antes de torná-lo real.

A trajetória da Igreja Universal do Reino de Deus pode ser explicada por esse fundamento tão singular. Há 37 anos, quando reuníamos meia dúzia de homens e mulheres no velho Coreto, no subúrbio do Rio de Janeiro, ninguém poderia acreditar nas fronteiras que seriam rompidas pelo crescimento avassalador desta obra evangelística. O que não existia passou a existir pela fé sincera demonstrada em nossos momentos particulares vividos com Deus.

Nas minhas orações e nos meus desabafos íntimos, desde a minha juventude quando conheci o Evangelho, minha única e latente intenção sempre foi uma só: semear a salvação pelo máximo de pessoas em todo o planeta. Parecia utópico, um sonho inatingível, mas creio que o Espírito Santo olhou para a pureza do meu objetivo de vida.

Para mim, desde a pregação solitária nas praças públicas ao memorável momento de pisar no Altar do Templo de Salomão, na presença de milhares de fiéis, meu desejo nunca deixou de ser apenas um: adorar ao meu Deus com a conquista de almas em todo o mundo. Esta é a minha sina. E sei que vou carregar esse desejo pulsando dentro do meu peito até os meus últimos segundos de vida.

A Universal está hoje espalhada em mais de cem países pelos cinco continentes. Não há limites de etnias, cultura ou idioma. No mais distante vilarejo com o dialeto mais incompreensível, a Palavra de Deus produz frutos. A formação de discípulos, homens e mulheres dedicados cem por cento ao trabalho evangelístico não parou sequer um dia desde a fundação da Igreja.

Hoje, somos mais de 25 mil pastores distribuídos nas mais diferentes frentes de atuação em todo o mundo. Somente no Brasil, somamos 12 mil pregadores. Somos centenas de milhares de obreiros voluntários e milhões de membros fiéis nas mais distintas nações. Executamos à risca o "ide" ensinado pelo Senhor Jesus: *"Ide por todo o mundo e pregai o Evangelho a toda criatura. Quem crer e for batizado, será salvo"* (Mateus 28.19,20).

O início da expansão no exterior, certamente, foi marcado por barreiras desconhecidas e alguns obstáculos também enfrentados por mim e por meus companheiros, no Brasil. Lutamos arduamente contra o derrotismo de líderes religiosos, a maioria oficiais evangélicos, e a avalanche de ataques e agressões movida pelo ódio e o preconceito.

O que vivifica ainda mais as nossas convicções é olhar para trás e compreender como tudo teve origem. Com receio de novas armações e processos injustos para tentar asfixiar a Igreja, eu e a primeira geração de bispos fomos obrigados a deixar o Brasil às pressas, no início dos anos 1990, próximo à minha prisão. A pressão caluniosa de parte da imprensa assustava nossos advogados, que praticamente nos aconselhavam a "fugir" da nossa pátria.

E qual foi o resultado?

A Universal se expandiu espalhando a Palavra de Deus em diferentes partes do mundo. Nos pontos mais distantes, cada um com suas características e atributos pessoais, mas sempre guiados pelo mesmo Espírito, nossos pregadores encararam de frente as resistências ao trabalho missionário praticando a fé com coragem, determinação e persistência.

Nas últimas décadas, Ester e eu viajamos intensamente pelos cinco continentes para fortalecer a Igreja e repassar os ensinamentos que obtivemos durante tantas fases de agonia em nossa terra natal. De maneira geral, nunca houve um planejamento ou uma tática de ação detalhados para implantação dos primeiros núcleos de oração. A ordem era usar a fé com inteligência. E deu certo.

Selecionei nas páginas a seguir 38 histórias e momentos vividos – claro, alusivos aos 38 anos de vida da Universal a serem completados em 2015 – aleatórios e emblemáticos sobre o crescimento internacional da Igreja, para ilustrar o tamanho da grandeza de Deus e como o Espírito Santo tem usado cada um de nós – e deseja usar ainda mais – para semear as verdades bíblicas aos que sofrem.

Seria impossível contar tudo com tantos detalhes. Em cada país há uma trajetória de superação e crescimento impressionantes, digna de um livro à parte. Os fatos descritos não seguem uma ordem cronológica. Aconteceram em períodos e situações completamente distintos, mas comprovam que milagres existem.

Da Moldávia ao Senegal. Dos Estados Unidos à Indonésia. Da França à Venezuela. Da Rússia a Burkina Faso. De Angola à Nova Zelândia. Do México a Hong Kong. Das Ilhas Fiji à Guatemala. Do Japão a Israel. Dos países mais ricos e desenvolvidos às nações menos favorecidas. Das supermetrópoles às pequenas cidades humildes. O avanço da Universal nunca parou.

Que homem teria capacidade de liderança suficiente para fazer isso sozinho? Que instituição teria estrutura de organização suficiente para elaborar e gerenciar trabalhos voluntários em regiões tão distintas do planeta?

Qual a explicação para esse fenômeno?

A resposta é uma só: desde as primeiras pregações, quando eu ensinava o caminho da salvação para uma minoria de aflitos, possível de ser contada pelos dedos de uma só mão, até os dias de hoje, o Espírito Santo é quem dirige e guia a Igreja Universal do Reino de Deus.

1. DO MARACANÃ PARA NOVA YORK

A trajetória de expansão da Universal por dezenas e dezenas de nações começou pelos Estados Unidos, o país mais poderoso do planeta. Eram meados de 1986, a Igreja tinha apenas nove anos de vida, quando decidi partir para Nova York com o objetivo de ampliar nosso trabalho de evangelização. Sabia que ali era o centro do mundo, o caminho certo para o avanço internacional da pregação do Evangelho.

Admito que tomei uma decisão ousada.

No Brasil, a Igreja crescia a passos largos. Já lotávamos o Maracanã e o Maracanãzinho no mesmo dia. Estávamos estabelecidos em praticamente todos os Estados brasileiros. Já ocupávamos diversos espaços alugados em emissoras de televisão e de rádio buscando espalhar a fé cristã como salvação aos desesperados. Sair do nosso país naquele momento era trocar o certo pelo duvidoso. Significava sair da zona de conforto e arriscar.

Como sempre, era tudo ou nada. Decidi agir pura e simplesmente pela convicção no impossível.

Eu me recordo claramente de inúmeros cultos no antigo prédio da funerária em que anunciava abertamente ao povo que a Universal estaria irradiada pelos quatro cantos do mundo. Não tinha pudores em assumir minhas certezas publicamente, mesmo enxergando apenas quinze ou vinte pessoas participando das nossas reuniões.

Ainda em 1981, uma entrevista que concedi à antiga *Plenitude* (revista de circulação interna da Igreja com milhares de exemplares de tiragem) se tornou hoje um registro histórico dessa convicção assumida. Veja um trecho:

> **Plenitude** – *O que o senhor tem em vista quanto à propagação da Igreja Universal do Reino de Deus em outros países?*
> **Bispo Macedo** – *Dentro de pouco tempo estaremos pregando para todo o mundo. Esta é a nossa visão. Deus tem que gastar a nossa vida para que isso aconteça.*
> **Plenitude** – *A Igreja Universal tem condições financeiras para esses empreendimentos?*
> **Bispo Macedo** – *Atualmente não. Mas temos fé, e isso é o que importa. O povo sempre ajuda quando reconhece que a obra é de Deus e, se as religiões e seitas falsas crescem e se propagam no mundo inteiro, por que a Obra de Deus, na unção do Espírito Santo, não vai conseguir isso também?*

Eu tinha que crer para ver.

Desembarquei sozinho na Ilha de Manhattan a convite do pastor norte-americano Forrest Higginbotham, naquele tempo fundador e líder de uma pequena denominação evangélica chamada Church of Christ, ou Igreja de Cristo. Pequena, tradicional, com uma quantidade reduzida de membros, era administrada por ele. A igreja funcionava em um prédio modesto na região de Eastside, em Nova York.

Nossa primeira conversa aconteceu em um jantar no restaurante do World Trade Center, as famosas "torres gêmeas" atingidas pelo terrível atentado terrorista de 2001. Fui acompanhado por um tradutor chamado John Vigário, já que, à época, eu ainda não falava inglês com fluência. Ele também se tornou meu tradutor oficial durante algum tempo de pregação nos Estados Unidos. A conversa foi direta.

— Pastor, o trabalho da Igreja Universal vai ao encontro das necessidades do povo daqui — afirmei entusiasmado.

O pastor Forrest concordava com tudo e assimilava cada palavra com vivacidade.

— Podemos revolucionar esse país com a fé viva no Deus vivo. Podemos salvar muitas almas aqui! — continuei, sempre com o apoio de Forrest.

Para mim, estavam evidentes as oportunidades que os Estados Unidos representavam para a divulgação da Palavra de Deus. Sabia que, além da necessidade de se falar do Evangelho aos norte-americanos, ali atingiríamos também a comunidade hispânica. Naquele tempo, os Estados Unidos tinham aproximadamente 20 milhões de latinos em seu território, fora aqueles que viviam ilegalmente, sem visto, sem direitos, sem nada. Pessoas que tentavam uma vida melhor na América.

Nova York era apenas a porta de entrada, o início de uma longa jornada.

— Pastor Edir, me conte mais sobre o trabalho da Igreja Universal. O que vocês fazem no Brasil? Como vocês ministram as reuniões? Como é feito o trabalho de libertação espiritual? Quais são os fundamentos da fé de vocês? — perguntou Forrest, sempre muito inteligente em suas colocações.

De cara, o que me despertou a atenção foi ver a sinceridade e o desejo real daquele líder evangélico em difundir a fé cristã. O pastor norte-americano pensava em tudo o que me dizia e meditava nas minhas respostas com sabedoria e humildade. Não havia inveja ou interesses mesquinhos, infelizmente comuns entre certas lideranças pentecostais, principalmente no Brasil.

O jantar terminou com o meu convite para que Forrest fosse conhecer de perto a atuação da Igreja Universal em território brasileiro. Alguns meses depois, desembarcamos no Rio de Janeiro para participar de uma grande concentração de fé no Maracanã. Quando Forrest e sua esposa viram aquela multidão reunida, homens e mulheres sendo tocados em todas as partes do estádio, o casal norte-americano ficou maravilhado. O filho deles, David, conta, nos mínimos detalhes, como o pai reagiu ao ver a Universal:

Meus pais haviam me falado que estavam no Brasil, mas eu não sabia ao certo os detalhes. Certo dia, no meio da viagem, durante os meus últimos meses de faculdade, recebi um telefonema do meu pai com notícias surpreendentes:

— Filho, eu conheci um pastor brasileiro que me fascinou com a história da sua Igreja. Ele explicou que tinha milhares de membros, que curavam os doentes e expulsavam demônios. Você pode acreditar? Uma igreja que expulsa demônios hoje em dia?

Nem eu nem meu pai tínhamos ouvido falar de algo assim naquelas décadas de pregação nos Estados Unidos. O que sabíamos era que milagres e demônios eram coisas da igreja do passado, não da igreja do século 20. Na mesma hora, dividi o entusiasmo e o encanto com meus pais. Queríamos saber mais.

No começo do outono, meus pais, Forrest e Marianne, retornaram para casa, nos Estados Unidos, com a fé pegando fogo. Não paravam de falar sobre o poder de Deus atuando no Estádio do Maracanã. Voltaram impressionados com a história de transformação de um jovem pastor chamado Renato Maduro. A sua incrível saída do vício das drogas deixou os dois boquiabertos. A obra de libertação espiritual deixou meu pai espantado:

— Os pastores e obreiros sabiam exatamente o que fazer. Eles expulsavam os demônios em Nome de Jesus e as pessoas ficavam libertas! As doenças saíam deles ali na hora. Alguns viam uma grande diferença em

suas vidas por terem sido libertos no mesmo momento. É inacreditável! Parecia que estávamos de volta à Igreja Primitiva!

Meus pais sempre foram pessoas honestas e de respeito, não exageravam e, se relatavam esses fatos com tantos detalhes, é porque era tudo verdade.

— E tem uma novidade, meu filho. Esse pastor quer começar uma de suas igrejas aqui em Nova York. O problema é que ele não tem condições para viver ou trabalhar aqui e precisaria de alguém para patrociná-lo. Eu me ofereci para ajudá-lo — afirmou meu pai.

O velho Forrest tinha um coração grande e generoso, sempre querendo dar de si mesmo pela causa do Evangelho. Mas eu não esperava ouvir o que viria a seguir:

— Eu decidi dar a minha igreja para ele. Eu quero aprender tudo o que ele tem para ensinar. Eu quero que ele lidere e continue a nossa Igreja a partir de agora.

Fiquei chocado com aquela notícia. Pensei que deveria ter um pouco de exagero por causa do entusiasmo do momento, mas estava enganado. Meu pai cumpriu cada palavra e literalmente passou a liderança da antiga Igreja de Cristo, em Eastside, para o bispo Macedo.

A convicção do Espírito Santo era tão forte no coração de meu pai que ele sabia que tinha de obedecer e confiar. Deus tomaria conta do resto. E foi o que aconteceu.

Eu estava pronto para iniciar a "Universal Church of the Kingdom of God" no mesmo espaço utilizado por Forrest, mas não imaginaria o tamanho dos obstáculos que surgiriam.

2. CEMITÉRIO DE PASTORES

Pouco antes deste encontro com Forrest em Nova York e da visita dele ao Rio de Janeiro, lideranças de outras diferentes denominações evangélicas se reuniram para analisar o meu requerimento oficial para ter uma Igreja nos Estados Unidos. Era um procedimento burocrático convencional. A história parecia se repetir na minha vida.

Como não lembrar da rejeição dos primeiros pastores, ainda na zona norte do Rio de Janeiro, que asseguravam não ver em mim potencial para pregar no Altar? Quantos viraram as costas para o meu desejo sincero e ardente de apenas mostrar o caminho da salvação para os desesperados?

No meio do encontro, um dos pastores norte-americanos olhou nos meus olhos e disse, com veemência:

— Pense bem se o senhor quer mesmo vir para Nova York. Tente ir para outra cidade, talvez lá você tenha alguma chance. Saiba que aqui é um cemitério de pastores!

Eu respirei fundo. Já eram anos 1980 e eu ainda enfrentava esse tipo de derrotismo de quem carrega a Bíblia debaixo dos braços com pose de "supersanto".

"Qual o motivo para tanto espírito de fracasso?", eu me perguntava.

Logo, me levantei e respondi:

— Preste atenção, meu amigo. Para mim não será um cemitério, mas o começo de uma grande obra. Eu creio nisso!

A reunião entre os representantes evangélicos terminou, claro, sem concederem qualquer tipo de autorização ou apoio para o nosso trabalho espiritual. O pastor Forrest foi o único que se manteve ao meu lado e se responsabilizou por minha estada missionária. Logo vieram Ester e as crianças, renovando minhas forças para seguir adiante. Apresentei na imigração a carta de recomendação assinada por Forrest, certo apenas de que Deus estaria conosco.

Logo começamos a pregar incansavelmente. No mesmo templo, um lugar degradado da Segunda Avenida e então com altos índices de violência da Ilha, eu comandava a pregação em português, com tradução para o inglês, no andar de cima do imóvel. Outro pastor, da mesma denominação de Forrest, pregava em espanhol no andar térreo. Os membros que frequentavam ali ainda eram muito tradicionais. Certo domingo, comecei a reunião com uma proposta diferente, como fazia sempre no Brasil:

— Quem deseja receber o Espírito Santo venha aqui na frente da Igreja, por favor.

Um silêncio constrangedor tomou conta do salão.

Ninguém se mexeu. Ninguém deu um passo em direção ao altar. Fiquei terrivelmente frustrado. A reunião tinha no máximo 15 pessoas, mas a maioria com marcas de dor e sofrimento. Ao microfone, convidei Ester e as crianças para orar pela descida do Espírito de Deus. Foram as únicas pessoas a receber a oração naquele dia.

Para reverter o quadro negativo, decidimos investir fortemente em um programa de televisão, o que atraiu um contingente surpreendente de hispânicos. O dia a dia me levou a conhecer mais a fundo outro mundo dentro da América, o dos imigrantes latino-americanos.

A Universal se transformou em uma base de apoio para essa quantidade sem fim de homens e mulheres batalhadores em busca do sonho de melhorar de vida. Deu certo. A pregação em espanhol ganhou um espaço bem mais amplo. Aumentamos de trinta lugares para cem cadeiras.

Quando tudo parecia se encaminhar para uma trajetória de êxitos, surge um escândalo no universo evangélico dos Estados Unidos: o caso Jimmy Swaggart. Um evangelista famoso naquela época que caiu em adultério e foi acusado de sonegar impostos. Essa polêmica fez com que as pessoas deixassem a Igreja. De mais de cem membros, a Igreja reduziu para menos de vinte pessoas.

Os tempos, de fato, eram difíceis. Mas eu buscava sempre olhar o invisível.

3. Solidão na capital do mundo

O número de fiéis não aumentava em Nova York. Chegamos a oferecer almoço de graça após a reunião de domingo.

Ester acatou a minha decisão e passou a preparar a comida. Eu andava pela cidade espalhando a novidade. Logo no primeiro domingo do culto-almoço apareceram cerca de quinze convidados.

— O Edir pregava com tanto entusiasmo que parecia que tinha mil pessoas na igreja — recorda Ester.

Nos domingos seguintes, o número de presentes na reunião aumentou, curiosamente nos dez minutos finais do culto. Eles estavam ali apenas para almoçar de graça, mas perseverei.

Nesta fase, Ester chorava praticamente todos os dias, sempre escondida. Estávamos acostumados com templos lotados, concentrações repletas de gente no Brasil, mas nos Estados Unidos a vida era outra. Esse começo foi difícil. Tínhamos quinze, vinte membros, no máximo. Reuniões simples, mas com sofridos e necessitados, chegando aos poucos, sedentos da Palavra de Deus.

Além da dificuldade de começar o trabalho evangelístico novamente do zero, tinha de administrar a adaptação a uma nova cultura. Chegamos aos Estados Unidos sem falar o idioma. Não conhecíamos ninguém. Deixamos amigos e parentes em nossa pátria. Tudo era muito novo, principalmente para a minha família.

Em uma noite de sexta-feira, ao caminhar para casa, depois de encerrar feliz uma reunião para trinta ou quarenta pessoas, vejo Ester chorando. Não entendi. Diante da minha reação de surpresa, ela desabafou:

— Ah, eu não aceito isso. Nós deixamos no Maracanã

100 mil, 150 mil pessoas, a Igreja na Abolição com mais de dois mil membros e aqui só tem meia dúzia de gente. Não dá, Edir. Têm almas precisando de nós no Brasil.

— Ester, Deus vai nos honrar. Não olhe para os números — eu dizia, na tentativa de acalmá-la. — Eu também queria ver esse crescimento acelerado do Brasil, mas aqui não é a mesma coisa. Tudo vai acontecer na hora certa.

Tivemos de ser firmes para continuar essa jornada. Forrest e sua esposa procuraram sempre estar por perto da nossa família, nos apoiar para continuarmos a difícil missão de pregar nos Estados Unidos. Mesmo com tantos espinhos, estávamos certos de que daríamos a volta por cima, cedo ou tarde.

De repente, um susto. Os sinais sobrenaturais que Forrest presenciou no Maracanã, quando decidiu apoiar a fundação da Universal em Nova York, teriam que acontecer tempos depois na vida do seu próprio filho, David.

Um desafio que testaria o limite das nossas convicções.

4. Ela está vendo!

Seguíamos inabaláveis com a meta de construir uma Igreja forte nos Estados Unidos. O trabalho passava a florescer lentamente, tudo caminhava com fluidez, mas uma notícia mexeu comigo. David, filho de Forrest e também já pastor na época, enfrentava um dilema doloroso.

Sua esposa, Evelyn, estava grávida e descobriu que tinha contraído uma doença rara e grave chamada ceratocone, mal que causa enfraquecimento e deformação das córneas. As previsões dos médicos era que até o nascimento do seu primeiro filho, Tody, ela já não enxergaria mais nada. A família Higginbotham era conhecida no meio evangélico norte-americano há muitas gerações. Mas nem os médicos nem a fé conseguiam trazer a tão sonhada cura.

Quando conheci David Higginbotham, ele havia acabado de chegar a Nova York. Havia concluído o curso de Quiropraxia, em Iowa. Após o diagnóstico da doença, os médicos diziam que levaria de vinte a trinta anos para que Evelyn deixasse de ver; no entanto, em menos de quatro anos ela já era considerada cega pelas leis americanas.

— Por favor, David, chame Evelyn aqui. Você crê na minha oração? — perguntei, seguido pela concordância dele.

Repeti o exemplo do Senhor Jesus que passou cuspe nos olhos de um cego antes de ele conseguir enxergar. Depois, com as mãos impostas sob os olhos dela, determinei o milagre da visão. Nada aconteceu na hora, mas pedi que Evelyn continuasse acreditando, porque as promessas de Deus não falham. Eu tinha certeza de que Deus havia reservado um milagre para aquela família.

Alguns meses depois, outros pastores e eu novamente oramos por ela. Pedi para que os bispos brasileiros da Universal, de passagem por Nova York, orassem nos olhos de Evelyn, mas nada acontecia.

Em uma sexta-feira, em certa reunião de libertação espiritual, Evelyn transitava lentamente pelo salão tentando ajudar na execução do culto, mesmo com todas as dificuldades de visão, quando notou um homem e uma mulher contando suas experiências bem-sucedidas no uso da fé. Era um traficante e uma prostituta da região mais pobre de Nova York, curados pelo poder da oração.

Observando os depoimentos à distância, com a visão embaçada e distorcida, reconhecendo cada pessoa apenas pelo som da voz, ela brigou com Deus. David conta com detalhes o que se passou dentro dela naquele exato momento:

Ao ver aquela cena no culto, eu me perguntei e perguntei para Deus na hora: "Poxa, Senhor, por que esses dois indivíduos que haviam feito tantas coisas erradas em suas vidas estavam voltando para casa curados, felizes, enquanto eu, esposa de um pastor, que renunciei minha vida no Altar, não consigo dar um passo sozinha sem enxergar direito? O que eles têm que eu não tenho? Não que me considere melhor do que eles, jamais, mas por que a minha súplica não é atendida?
E de um jeito maravilhoso, naquele dia, Deus usou um traficante e uma prostituta para ensinar uma lição à esposa de um pastor. A resposta veio à minha mente na hora: "Eles confiam em mim como Pai e é por isso que estão curados".
Eu estava tentando ser boa o suficiente para ser curada, estava tentando conquistar, ganhar a cura com os meus

méritos, mas não é assim que funciona. O passado daquelas duas pessoas e o meu passado não importavam para Deus. O que importava era a fé. Somente a fé. Aquela palavra despertou a minha convicção, uma certeza absoluta, e me deu uma determinação inabalável de que seria curada. Depois de duas semanas, duas consultas ao médico, eu estava novamente enxergando. As pessoas passavam por mim e, algumas surpreendidas, diziam: "Ela está vendo, ela está vendo!"

Hoje, Evelyn continua como esposa do bispo David nos Estados Unidos, leva uma vida normal e até tem carteira de motorista. Os dois pregam a Palavra de Deus há 28 anos e ajudaram a iniciar o trabalho missionário da Universal em vários países de língua inglesa.

O pastor Forrest, pai de David, tem hoje 84 anos e vive em uma pequena cidade em Indiana, nos Estados Unidos, onde evangeliza nas delegacias e presídios da região. Sua esposa faleceu em 1995, na África do Sul. Até hoje, a família Higginbotham tem um espaço especial nas minhas recordações. Guardo uma profunda gratidão por tudo que fizeram por mim e, principalmente, em nome da causa do Evangelho no decorrer dos últimos anos.

5. Primeira de muitas

Depois de Manhattan, os próximos dois templos da Universal nos Estados Unidos foram inaugurados em

Nova Jersey e no Brooklin, no final de 1986. Depois, vieram Bronx e Newark. E, com o passar dos anos, a Universal se espalhou em todo o território norte-americano.

Nossos templos sempre se alternaram com pregações em português, espanhol e inglês. Como acontece no Brasil, também utilizamos programas de rádio e TV para espalhar esperança e fé. Uma das nossas maiores audiências são as horas alugadas na rede hispânica Telemundo.

Eu mesmo apresentei pessoalmente os programas em inglês e em português, com tradução simultânea para o inglês, durante vários anos. Nosso espaço era de trinta minutos, diariamente, nas madrugadas do canal. O evangelismo na TV, nessa época, rendeu muitos frutos.

Curiosamente, Nova York, onde tudo começou com um "trabalho de formiguinha", abrigou um dos eventos mais marcantes e de maior repercussão da Universal nos Estados Unidos. Em setembro de 1995, o tradicional Madison Square Garden ficou pequeno para receber milhares de fiéis em uma grande reunião de fé chamada "Domingo dos milagres". Naquele dia chuvoso, o Teatro Paramount teve lotação máxima, como nos velhos tempos das apresentações de Marilyn Monroe e Frank Sinatra.

No decorrer dos últimos anos, não crescemos apenas em Nova York. Avançamos também na Flórida, em Massachussets, na Geórgia, no Texas, no Novo México, na Califórnia e por outros estados norte-americanos em uma velocidade incrível, porque o Espírito de Deus conduziu este ministério desde as primeiras reuniões no velho e perigoso prédio de Manhattan.

Ainda em 1986, feliz com a conquista do nosso templo no Brooklin, escrevi uma mensagem ao povo brasileiro. A notícia foi comemorada pelos fiéis no Rio de Janeiro, em São Paulo e nas principais cidades brasileiras onde a Universal crescia muito.

Veja um trecho da carta:

Meus amigos,
Quando chegamos aqui, há um ano, no coração dos Estados Unidos, tivemos que enfrentar uma série de inconvenientes que, se não fosse a convicção de que estamos dentro da vontade de Deus, certamente não resistiríamos e estaríamos de volta.
Entretanto, da mesma maneira que a mulher espera nove meses para conhecer o seu filho, assim também a Igreja Universal do Reino de Deus em Nova York estava dentro de nós o tempo todo, e não faltaram lágrimas e gemidos inexprimíveis para o seu nascimento.
Finalmente, passados os momentos de tristeza e agonia durante a "gravidez", vieram os momentos de alegria. A criança finalmente nasceu!

Hoje, prestes a completar trinta anos de existência nos Estados Unidos, a Universal é uma família com centenas de pastores e milhares de obreiros voluntários e membros fiéis, entre eles muitos hispânicos e norte-americanos. Tem atuação presente em 23 estados, com mais de 237 espaços de oração nas Costas Leste e Oeste e em todas as demais regiões do país.

6. CALÇADA DA FAMA

Em dezembro de 2013, pouco antes do Natal, revivi extremamente feliz um pouco desse árduo caminho de luta pela pregação da Palavra de Deus nos Estados Unidos ao inaugurar a mais nova das nossas sedes. Uma linda e espaçosa catedral em um dos pontos mais nobres e bem-situados de Los Angeles, no estado da Califórnia.

O lugar também é marcado por batalhas. Foram 22 anos de seguidas tentativas para obtermos nossa sede própria em uma das cidades mais importantes daquele país. Curiosamente, adquirimos um prédio planejado e construído para comportar uma Igreja de evangélicos da Coreia do Sul, mas que foi confiscado por um banco de crédito, devido à falta de pagamento.

O local fica em uma das avenidas mais centrais e nobres de Los Angeles, a poucos quarteirões da famosa "calçada da fama", na conhecida Holywood Boulevard.

Ao pisar no altar, vi mais de quatro mil pessoas lotando o novo e espaçoso templo. O prédio abriga três salões separados, o principal deles com capacidade para 1.600 lugares. O segundo salão comporta mil pessoas e o terceiro, quinhentas. Há também estacionamentos e salas apropriadas para as demais atividades da Igreja, que se transformou no templo mais elegante e bonito em todo o território norte-americano.

Realizei a primeira reunião em espanhol, mas os encontros também são feitos diariamente em inglês. Foi uma data de festa.

— Deus se agradou de nós! Graças a Ele, o nosso sonho se realizou com essa linda Igreja depois de duas décadas de guerra. Agora, como essa nova e deslumbrante porta se abriu aqui, uma nova porta vai se abrir em sua vida — preguei para todos os presentes.

7. Idioma: o preconceito

Minha conversa começou com um desafio:

— Você vai para Portugal abrir as portas de toda a Europa para o trabalho de evangelização da Igreja! Tem fé para isso?

A pergunta provocadora foi dirigida ao bispo Paulo Roberto Guimarães, em meados de 1989. Não conhecíamos ninguém lá. Eu sabia apenas que a população era em sua maioria devota ao Clero Romano e que não seria fácil. Compreendia também que poderia ser um embrião para conquistar almas em países com culturas tão diferentes no continente mais velho do planeta.

Decidi enviar um de nossos pastores pela fé.

Ao chegar a Lisboa, Paulo Roberto desembarcou com várias malas cheias de livros e Bíblias ao lado de sua mulher e os dois filhos. No dia seguinte, logo se encontrou com um corretor de imóveis no lobby do hotel onde estava hospedado com a família. Contou sobre a Igreja Universal, sobre o trabalho realizado no Brasil, sobre a necessidade de as pessoas conhecerem a Deus, de elas se libertarem de seus problemas, de seus traumas e de seus fracassos. Explicou que estávamos ali para levar uma mensagem de esperança ao povo português. O corretor ouviu tudo atentamente e riu:

— Senhor pastor, aqui em Portugal não existe a mínima possibilidade da sua Igreja crescer. O povo é muito devoto do Clero, já tem a religião deles.

— Nós não estamos aqui para levar outra religião. Estamos aqui para levar vida. Jesus não é religião, Jesus é vida — respondeu Paulo.

Mas o corretor de imóveis continuava incrédulo, balançava a cabeça como se aquilo fosse algo fora da realidade, uma utopia.

Mesmo sem acreditar em uma só palavra, o corretor ofereceu um pequeno salão na Estrada da Luz, na capital portuguesa. Não era muito grande, mas o preço era acessível. Também começamos pequenos como na funerária do Rio de Janeiro.

— Bispo, conseguimos um lugar ótimo. Só temos um problema: não temos fiador — contou Paulo, por telefone.

— Calma, Paulo. Deus vai mostrar uma direção.

E mostrou. Para conseguir alugar o espaço do primeiro templo da Universal na Europa, acreditem, o próprio corretor incrédulo aceitou ser o fiador. A inauguração ocorreu no dia 17 de dezembro de 1989, mesmo período em que o presidente Fernando Collor ganhou as eleições para a presidência do Brasil.

Menos de vinte pessoas estavam presentes na inauguração da nossa primeira igreja em Lisboa. Ao final do culto, Paulo me ligou feliz com o resultado. Eu renovei seu ânimo dizendo que era um pequeno grãozinho do que aconteceria de norte a sul de Portugal.

Pouco a pouco, o povo foi multiplicando, mas muito devagar. O preconceito era muito forte. Procuramos um espaço em uma rádio comercial portuguesa. E mais uma vez a barreira do preconceito. De cara, o gerente comercial fechou as portas. Disse que a Universal não poderia fazer programa naquela rádio visto que nós não falávamos o português. A reação imediata do Paulo foi sarcástica, com razão:

— Então, que língua eu falo?

A resposta foi mais surpreendente ainda:

— O senhor fala "brasileiro".

— Meu amigo, não existe a língua brasileira. Só existe a língua portuguesa e o que eu falo é português e não brasileiro.

Com muito custo, depois de uns três meses de idas e vindas, a rádio abriu um espaço de 13 minutos às terças-feiras e às quintas-feiras à noite. O programa apresentava testemunhos de pessoas que mudaram de vida, que foram transformadas, tinha uma pequena mensagem de fé e oração. A divulgação no rádio ajudou e o povo fiel se multiplicou.

Em cinco anos, a Igreja Universal já contava com programa na televisão e cinquenta templos espalhados pelo país. Hoje, são 124 por diversas cidades portuguesas. A Record Europa também está operando em Portugal e em toda Europa com enorme sucesso de audiência. Dezenas de concentrações de fé em ginásios e estádios de futebol superlotaram com milhares de pessoas.

8. Galo novo em Portugal

Visitei a Igreja em Portugal logo nos primeiros anos do desenvolvimento da nossa missão evangelística. Na mesma proporção em que conquistávamos o povo, ganhávamos a antipatia de outros segmentos, principalmente dos religiosos tradicionais portugueses.

Para que a Universal obtivesse registro de atividade religiosa em Portugal, precisávamos ser aceitos em uma associação chamada Aliança Evangélica Portuguesa, grupo que congregava as igrejas evangélicas no país. Fui pessoalmente conversar com o presidente desta entidade, um pastor de outra denominação pentecostal.

Falei sobre o nosso trabalho. Expliquei pacientemente as nossas propostas de ajudar no socorro de quem se encontra longe da Palavra de Deus. Apresentei um longo balanço com os resultados magníficos de recuperação de excluídos, famílias restauradas, homens e mulheres resgatados do lado mais marginal e sofrido da vida. Ao final, cordialmente, disse que gostaríamos de fazer parte desse grupo.

Para a minha surpresa, ouvi o seguinte:

— Vocês não podem entrar para a Aliança Evangélica. Todos estão muito preocupados com vocês.

— Preocupados?! Preocupados com o quê? — respondi, intrigado.

— Vocês estão crescendo muito em nosso país, e sabe como é quando chega um galo novo em um galinheiro, os outros galos levantam a crista. Os outros galos não aceitam.

Achei que fosse uma piada ou uma metáfora para deixar a conversa mais descontraída, mas o assunto era sério de verdade. Fui obrigado a dar uma resposta à altura:

— Desculpe, pastor, mas não estamos tratando de galinhas, mas de gente. Precisamos salvar almas. Lutamos contra o tempo. Queremos ajudar as pessoas a se libertar, a conhecer o Deus vivo. Que fique claro: a Obra de Deus não é um galinheiro!

Obviamente, não fomos aceitos na Aliança Evangélica Portuguesa.

Com Aliança ou sem aliança, orientei nossos bispos e pastores a seguir em frente sem olhar para qualquer tipo de discriminação ou desdém com o nosso trabalho. A missão era avançar. E assim foi. Nunca dependemos de nenhum acordo com igreja alguma, sempre caminhamos sozinhos. Deus tem sido a nossa única ajuda. Ele sempre nos guiou, nos dirigiu e nos abençoou.

9. Batalha no Coliseu

Em 1992, conseguimos alugar um programa de trinta minutos na SIC, uma das emissoras portuguesas de maior audiência em todo o país. Ficamos um ano na emissora. A igreja deu um salto no crescimento. Gente de norte a sul do país chegava aos nossos templos em busca de ajuda espiritual. Reuniões lotadas, em alguns lugares pessoas ficavam na calçada.

Decidimos, então, comprar um espaço maior, um teatro, uma das mais tradicionais casas de espetáculo de Portugal: o Coliseu do Porto. Compramos o imóvel de uma seguradora renomada de Portugal. Fechamos o negócio, pagamos, mas não levamos. Nunca imaginei que a lei, um contrato e documentos assinados por instituições tão sérias e respeitadas não valessem nada. Infelizmente, foi o que aconteceu.

Houve uma perseguição explícita contra a Igreja. Membros da Igreja Universal eram atacados, ofendidos nas ruas. Foi um momento de grande tribulação. O governador chegou ao ponto de ameaçar renunciar ao cargo caso a Igreja concretizasse aquele negócio. Ocorreu um levante contra nós, típico da época da inquisição. Sem exageros.

No dia que o Coliseu seria aberto para o nosso primeiro culto, os pastores e obreiros seguiram para lá. Conseguiram entrar, mas ficaram presos ali dentro das sete horas da manhã até às cinco horas da tarde. Sem comida, sem poder sair, pressionados por uma multidão do lado de fora.

No fim do dia, depois de muita negociação e mesmo sem escolta policial, apenas alguns policiais para conter os mais exaltados, o grupo conseguiu deixar o local, mas foi agredido pelos manifestantes. A situação só se acalmou quando a polícia lacrou as portas do Coliseu.

Desistimos do negócio e nos restituíram o valor que já havíamos pagado. Mas não desistimos da obra em Portugal. Apesar das dificuldades, como sempre, seguimos em frente e as conquistas surgiram no decorrer dos anos.

Também fomos vítimas de ações mais ardilosas. Chegamos a ser investigados pela Justiça portuguesa e, claro, as mesmas acusações de sempre. Foram nove processos ao todo. Em 2001, a Igreja Universal foi totalmente inocentada. A Polícia Judiciária, responsável pela investigação das denúncias, considerou os processos "inconclusivos".

É fato que tudo isso gerou sofrimento, mas vou continuar agindo como sempre: orando sem parar por aqueles que me perseguem. Não me preocupo com os detratores. Eu olho para os que buscam a salvação, para os que têm fome e sede de Justiça. Vou continuar procurando as ovelhas perdidas da Casa de Israel, conforme o ensinamento do Senhor Jesus. Esse tem sido e vai continuar a ser o nosso trabalho. Não importa o lugar. Não importam as circunstâncias. Não importa quem se oponha a nós.

Em 2010, o tempo novamente provou ser o senhor da razão. Inauguramos a primeira catedral portuguesa na cidade do Porto, justamente na cidade onde fomos terrivelmente excluídos. É um dos nossos templos mais lindos em todo o continente europeu. E não foi apenas ele: em dezembro de 2013, o município de Vila Nova de Gaia, um dos principais de Portugal, também abriu uma nova e encantadora Igreja.

Eu pessoalmente fiz questão de realizar o primeiro culto do novo imóvel no Porto, projetado, de forma primorosa, por nossa equipe de engenheiros durante dois anos e quatro meses. Foi uma manhã de domingo memorável. Mais de oito mil pessoas participaram da inauguração. O empreendimento foi desenhado da forma como desejamos, detalhe por detalhe, para melhor servir aos membros fiéis que estiveram ao nosso lado ao longo de tantas fases espinhosas.

10. UM IMPÉRIO EM LISBOA

Dos mais de 120 templos da Universal estabelecidos em Portugal, um dos mais deslumbrantes é o antigo Cinema Império, em Lisboa. No começo dos anos 1990, realizei uma concentração de fé especial naquele prédio alugado por nós. De imediato, fiquei encantado com o tamanho e a localização do imóvel, vislumbrando uma promissora possibilidade de crescimento da Obra de Deus na capital portuguesa.

As imagens do antigo cinema impressionam. Projetado e construído nos anos 1950, a linguagem arquitetônica do lugar chama a atenção de quem passa por uma das principais avenidas da cidade. Sua fachada é imponente. No interior, nas paredes em torno dos assentos, uma decoração elegante e tradicional. Eu conseguia imaginar, pela fé no invisível, aquelas cadeiras tomadas de homens e mulheres sedentos de socorro espiritual.

Mas foi necessário um ato de convicção que começou com uma simples palavra. Ao final da nossa reunião especial, tomada por uma multidão de fiéis pela primeira vez, eu disse para os pastores:

— Pessoal, eu creio em um Deus muito grande. Ele é o mesmo de ontem e hoje. Por isso, a promessa que Ele fez para Josué vai se cumprir na Igreja Universal em Portugal. Deus mesmo prometeu: *"Todo lugar que pisar a planta do vosso pé, vo-lo tenho dado, como eu prometi a Moisés"* (Josué 1.3).

— Esse lugar será nosso para a glória de Deus — profetizei, seguido por um coro de "amém!" dos meus companheiros.

O tempo passou, o Cine Império nunca esteve à venda, e a Igreja seguiu seu caminho de expansão na capital e em diversas cidades do interior lusitano. Os templos se tornavam espremidos para o povo, principalmente nossa sede nacional, alugada em outro antigo cinema, o Alvalade.

O proprietário sempre foi muito genioso conosco, ameaçando tomar o prédio da Igreja por inúmeras vezes. Certo dia, ele chamou o Paulo Roberto para uma conversa particular na casa dele. Nós sempre atendíamos os sucessivos pedidos de aumento de aluguel, mas a situação havia se tornando abusiva. Indignado com nossa negativa, ele ameaçou tomar o imóvel e fechar as portas.

No mesmo dia, o Paulo me ligou desolado.

— Não se preocupe, Paulo. Na hora certa, Deus vai nos dar um local melhor ainda para que possamos abrigar o povo e as condições para que seja cem por cento nosso. Não estamos fazendo nada para nós. É para Deus — afirmei, com a concordância do Paulo.

Já havia passado vários anos daquela concentração de fé no Cine Império quando, certo dia, a esposa do Paulo, Solange Guimarães, folheava o jornal e percebeu uma notícia interessante. O Cinema Império havia fechado.

Pedi para o Paulo Roberto imediatamente procurar um conhecido engenheiro português, então dono do cinema. Foi uma frustração. Ele disse que tinha um projeto de transformar o Império em um centro comercial e que dependia apenas de uma simples aprovação na Câmara de Lisboa e na Prefeitura. Assegurou, inclusive, que era garantida a aprovação do seu projeto por ter amigos influentes entre as autoridades lisboetas. Ainda assim, ele nos pediu para apresentar uma oferta de compra.

Naquele momento, no ímpeto, Paulo Roberto fez uma proposta financeira ainda acima das possibilidades da Igreja. Agimos pela fé, na certeza de que Deus daria as condições. O engenheiro riu e disse:

— Senhor Pastor, com esse dinheiro o senhor não compra o meu cinema. Ele vale muito e vai virar um dos centros comerciais mais bonitos e importantes da cidade. Foi um prazer conhecê-lo — afirmou, rude, praticamente convidando o Paulo para se retirar do seu escritório.

A notícia chegou para mim como um banho de água fria, mas nos mantínhamos confiantes de que surgiria uma saída, cedo ou tarde. Foi um período de muita oração. Quando nossos pastores e obreiros passavam pelo Cine Império, pediam a Deus uma resposta. Confesso que carregava uma revolta dentro de mim por aquela situação, mas sabia que na hora certa surgiria uma luz.

O tempo novamente passou. Um ano depois daquela áspera conversa com o engenheiro, dono do Cine Império, apareceu uma nova manchete nos jornais noticiando que a Câmara de Lisboa havia indeferido o projeto de transformar o local em um centro comercial. Voltamos a procurar o proprietário. Ele nos atendeu de forma mais cordial, desta vez com uma disposição diferente, e perguntou:

— Então, você quer comprar o meu cinema? Muito bem, quanto você oferece por ele?

Orientei o Paulo Roberto a oferecer a mesma proposta que havia sido rejeitada há um ano. O mesmo valor e o mesmo prazo de pagamento. O proprietário aceitou na hora.

Um detalhe curioso: desde o dia dessa aquisição, o administrador do Cine Alvalade nunca mais fez qualquer ameaça contra a Igreja. O prédio também abrigou outro dos nossos principais templos no país durante quase duas décadas.

O Cine Império se transformou, portanto, na nova sede da Universal em Portugal durante anos seguidos e funciona até hoje como um verdadeiro pronto-socorro espiritual para atender os aflitos e necessitados da maior cidade portuguesa.

11. GLOBO CAI

Eu estava no Brasil quando fui informado sobre um acidente grave neste mesmo prédio, o Cine Império. O edifício abrigava bem no topo da fachada um enorme globo de aço, instalado desde a sua fundação, na década de 1970.

Com a chuva, fortes ventos e a deterioração provocada pelo abandono dos antigos proprietários, o objeto despencou de uma altura de mais de dezoito metros direto para a calçada. A Alameda Dom Afonso Henriques, onde fica o Império, é uma das principais da capital portuguesa e está sempre movimentada, dia e noite sem parar, por carros e pedestres. Mas, no exato instante da queda, ninguém passava pelo local.

Nenhuma pessoa, nenhum carro ou outro imóvel foi atingido. Não houve sequer feridos.

Era um sinal de que ali era a Casa de Deus. O Espírito Santo guardou a Universal.

12. PAIS E FILHOS EXPULSOS

Em meados dos anos 1990, a Universal e eu sofríamos custosamente com os ataques preconceituosos de parte da mídia brasileira, encabeçada pela TV Globo, obviamente movida por interesses empresariais e religiosos. A estreita ligação com o Clero Romano e o receio com a concorrência futura da Rede Record fizeram a Globo partir para agressões descabidas, repletas de discriminação religiosa, como descrevi em detalhes em *Nada a perder 2*.

Essas falsas acusações refletiram no exterior. Alguns grupos se tornaram verdadeiros porta-vozes do ódio e se lançaram como inquisidores contra nós. Espalharam mentiras, calúnias e informações insensatas que chegaram até as embaixadas e organizações governamentais de diversos países.

Em muitos casos, a Igreja chegou a ser considerada, veja só o absurdo da situação, como uma "instituição criminosa".

Alguns desses inquisidores argumentavam que o crescimento da Universal era devido à "imensa massa de analfabetos existente no Brasil". Acusações que chegaram a ser investigadas por parlamentares da Bélgica e do Chile, por exemplo, e provocaram até a incompreensível e revoltante expulsão de pastores.

Foi o que aconteceu com os missionários enviados a Santiago e outras cidades chilenas para começar o trabalho evangelístico ali. No dia 12 de novembro de 1997, a imprensa brasileira divulgou que pastores da Igreja Universal estavam sem visto e que o governo chileno estaria "preocupado com o crescimento da igreja no país". Na época, a igreja tinha cerca de quatro mil seguidores.

Sob a condição de "infratores da lei", os pastores aguardavam a decisão da Justiça para permanecer no país. Nem mesmo os brasileiros casados com cidadãs chilenas escaparam da ação preconceituosa. Crianças estavam nesse grupo e não foram poupadas. Uma comissão da Câmara dos Deputados, em Brasília, foi enviada ao Chile para resolver a questão, mas nada adiantou.

O impasse surgiu quando o Ministério do Interior chileno recomendou a punição contra a Igreja por suspeitar que existissem irregularidades na atuação de pastores e fiéis. As supostas denúncias foram enviadas por um ex-padre, então delegado da Polícia Federal, ao cônsul do Chile no Rio de Janeiro.

Mesmo à distância, buscando sempre transmitir fé e confiança aos pregadores, eu me indignava com tanta injustiça. Como parlamentares analisavam uma Igreja partindo unicamente de informações acusatórias as quais não têm um mínimo de fundamento a não ser o de terem sido publicadas por periódicos cujas tendências são extremamente duvidosas?

Apesar de a Polícia Federal não ter provas que incriminassem a Igreja, de os processos contra a Universal no Brasil estarem arquivados e das acusações terem sido desmentidas, a Suprema Corte do Chile resolveu dar crédito ao Ministério do Interior.

Os vistos de permanência aos missionários brasileiros foram negados. Ficou decidido também que eles deveriam se retirar do país em um prazo de 15 dias. Nós recorremos à Corte de Apelações de Santiago, entramos com recurso, pedimos *habeas corpus*, em vão. Todos os artifícios foram rejeitados pela Corte chilena.

Neste mesmo ano, em 1997, acusações semelhantes circularam pelo parlamento belga. A Comissão de Inquérito da Câmara dos Deputados apresentou um relatório sobre seitas que definia a Igreja Universal do Reino de Deus como – acredite você! – uma "organização criminal que tinha como único objetivo o enriquecimento". Testemunhas ouvidas pelos parlamentares nos chamavam de "escroques" e "criminosos".

O tempo passou e, em 2005, a justiça se fez na Bélgica. A Corte de Recursos de Bruxelas condenou a Câmara dos Deputados Belga, em uma decisão inédita no Direito Moderno. A Corte questionou a maneira como as testemunhas foram ouvidas: os "deputados atacaram a imagem da Universal confiando, sem verificação, em testemunhas interrogadas a portas fechadas, de forma que 'simples afirmações' foram apresentadas como 'fatos verdadeiros'".

A Igreja se desenvolveu e atualmente tem mais de oito templos em todo o território belga.

A justiça também aconteceu no Chile. Alguns anos depois, cada uma das denúncias foi arquivada e comprovada como sem nenhuma sustentação legal. Os pastores retornaram ao país para continuar ajudando os aflitos e necessitados chilenos. E o trabalho evangelístico se multiplicou. Atualmente a Igreja reúne milhares de membros e mais de quarenta templos espalhados em diversas cidades. Uma nova sede própria, a maior e mais confortável do Chile, está em construção com previsão de ser inaugurada nos próximos anos.

13. Jamais visto em Madagascar

Eu entrei com passos firmes em mais uma reunião de pastores em nossa sede de Lisboa, em Portugal.

— Por favor, quem aqui fala francês?

Um dos pastores, chamado Eduardo Bravo, levantou a mão. Estava acompanhado do senador Marcelo Crivella, à época bispo responsável pela Universal na África.

— Crivella, vamos enviá-lo para aquele país que avistamos ontem do avião... aquele país africano que foi colonizado pelos franceses... como chama mesmo?

— Madagascar!

— Isso mesmo. Bravo, você vai para Madagascar usar seu francês para ganhar almas para o Reino de Deus — determinei, com a concordância imediata do pastor.

Dois anos depois, Crivella foi visitar o pastor Eduardo Bravo para conhecer mais de perto os resultados da nossa investida evangelística. Ao desembarcar no aeroporto, uma surpresa:

— Ué?! Mas esse não é o lugar que o bispo Macedo e eu conversamos no avião quando decidimos te enviar.

A surpresa foi ainda maior por parte de todos. A nação que me referi no dia em que sobrevoamos a África era Ilhas Maurício, outro país também de colonização francesa, e não Madagascar.

Resultado: o país que foi evangelizado "sem querer", mas pela ação do Espírito Santo, já tinha vários núcleos de oração e uma sede própria com reuniões lotadas para mais de cinco mil membros. Ilhas Maurício também tem presença marcante da Igreja e um templo central com capacidade para mais de mil fiéis.

14. MARTELINHO DE SAPATEIRO

A Suíça sempre foi um desafio para a Universal. O alto índice de escolaridade e o elevado nível intelectual da população pareciam ser barreiras em um primeiro momento, já que indivíduos mais intelectualizados, teoricamente, demonstram maior resistência ao Evangelho. Mas isso foi vencido com o tempo e a persistência da fé.

Ao pisar pela primeira vez naquele país rico e desenvolvido da Europa, em 1993, quando havia apenas dois meses de evangelização, ouvi dos nossos pastores inúmeras reclamações sobre as dificuldades daquele início de ministério.

Após ouvir atentamente as explicações, disse para eles:

— A Obra de Deus é como um diamante escondido em um rochedo enorme. Por vezes, parece que estamos batendo nesse rochedo com um martelinho de sapateiro: por fora, não estamos vendo nada. Aparentemente, nada está acontecendo de fora para dentro. No entanto, pela fé, as coisas estão acontecendo de dentro para fora. Vai chegar o momento em que esse diamante vai aparecer e brilhar para que todos vejam sua grandeza e seu valor.

Naquele mesmo mês, a Igreja Universal conseguiu um endereço fixo para abrir seu templo na capital Berna, além de ter seu funcionamento oficializado pelas autoridades suíças. Já na inauguração, a Igreja conseguiu reunir mais de trezentas pessoas.

Nas semanas seguintes, abrimos outros núcleos de oração em Zurique e na cidade de Neuchâtel, onde obtivemos um importante aluguel em uma estação de rádio. Mais tarde, inauguramos o trabalho espiritual em Lausanne. Hoje, a Igreja está presente com mais de 22 templos em todo o país.

O martelinho de sapateiro quebrou o enorme rochedo.

15. INTELECTUAIS NA SUÍÇA

Em minha última visita missionária à cidade suíça de Zurique, em junho de 2012, preguei apenas sobre a fé inteligente para um público expressivo de homens e mulheres desejosos de conhecer os pensamentos de Deus.

— A fé inteligente é a crença que faz você pensar. Ela nos leva ao seguinte raciocínio: "Deus existe? Sim. Se Deus existe e fez promessas para transformar a minha vida, então por que Ele não se manifesta e transforma a minha vida? Como crer em um Deus que não aparece para mim?". A fé inteligente ignora as emoções porque se fundamenta nos ensinos de Deus. Na prática, é usar o raciocínio para ler a Bíblia, absorver o Espírito dela e colocar essa crença em exercício. A fé inteligente, por exemplo, me leva a perguntar claramente, todos os dias: "Como é possível alguém servir a um Deus tão grande e poderoso e viver uma vida de fracassos?".

Os presentes acompanharam cada minuto da pregação, estáticos, em um silêncio respeitoso admirável. A mensagem da fé aliada à razão é cada dia mais aceita na Suíça e em toda a Europa.

16. POLIGAMIA EM BOTSUANA

Nossa expansão pelos lugares mais remotos do planeta nos obrigou a enfrentar situações inéditas. Uma delas, por exemplo, é o costume da poligamia em países africanos. Um homem pode ser casado oficialmente com duas ou mais esposas por herança cultural. Alguns pastores me contaram que já pregaram em Igrejas com essa cena inusitada: o marido, as duas ou três mulheres e os sete, oito filhos sentados, lado a lado, assistindo ao culto.

Há alguns anos estive em Botsuana, país localizado no sul da África, onde a Universal avança com velocidade e enfrenta o choque com a realidade desses costumes. Além disso, casar ali requer o pagamento de um dote, ou seja, uma espécie de imposto. Assim, a minoria é casada e quase todos os jovens já têm filhos em função da constante troca de parceiras.

Nossa missão é trabalhar respeitando todas as tradições locais, claro, mas sempre valorizando o matrimônio e a relação afetiva estável, como ensina a Bíblia. Os cultos aos domingos na capital Gaborone chegam a reunir mais de quatro mil pessoas.

A Igreja também auxilia no trabalho de combate à aids. Um em cada quatro habitantes de Botsuana está infectado. Sempre determinei que esse trabalho social fosse feito para tentar impedir que novos casos se proliferassem por toda a África. Desenvolvemos ações com resultados expressivos em países onde a Universal atua com força, como Lesoto, Gana, Malauí, Namíbia, Zâmbia, Tanzânia, Zimbábue, entre outros.

Além dos pastores e obreiros estimularem o uso de preservativos e o combate à promiscuidade, buscamos tornar menos sofrida a sobrevida das pessoas infectadas com a pregação da mensagem do Evangelho.

17. GRANDE CONTRA GRANDE

— Bispo, a polícia surgiu do nada e lacrou o nosso imóvel — contou ao telefone o bispo Marcelo Brainer, enviado em novembro de 1993 para dar os primeiros passos da Universal na Itália, ação que sempre considerei estratégica por muito tempo. O país é sede do Clero Romano e vive sob influência desta religião por séculos.

Nosso prédio ficava bem no centro histórico de Roma. Havia sido adquirido com fruto de muito suor e colocado para funcionar completamente de acordo com as regras da legislação italiana. Não havia nada irregular.

— Eu conversei, bem discretamente, com um dos policiais que veio fechar a Igreja. Ao pé do ouvido, perguntei o que realmente estava acontecendo, porque era uma atitude agressiva de discriminação, sem qualquer base legal — relatou Marcelo.

— E o que o policial disse? — perguntei, indignado.

— Ele falou abertamente: "É ordem de um grande. Não há o que fazer". E me deixou falando sozinho.

Na hora, uma certeza despertou dentro de mim:

— Então o nosso problema está resolvido, Marcelo. O único e verdadeiro Grande que a gente conhece está do nosso lado. Orem e isso será resolvido. Podem acreditar!

Bispos, pastores e membros da Universal italiana passaram a rodear o imóvel por semanas seguidas, em correntes de oração pedindo a abertura do templo. Em menos de um mês, a Igreja foi inaugurada em uma grande concentração de fé. A Itália é um dos países europeus onde o trabalho de evangelização mais cresce nos últimos anos.

18. Surpresas em Zâmbia e Gâmbia

Na Zâmbia, no centro-sul da África, o governo chegou a proibir as atividades da Igreja Universal por acreditar em boatos absurdos de que praticávamos atos satânicos e realizávamos sacrifícios humanos. O Secretário de Relações Exteriores exigiu que deixássemos o país. Esclarecemos a situação e em pouco tempo tudo voltou ao normal.

Em Gâmbia, país localizado no oeste do continente africano, onde mais de 90% da população é muçulmana, a Igreja já tem os seus primeiros fiéis convertidos ao cristianismo. Em 2012, conquistamos a licença para desenvolver legalmente o nosso trabalho de resgate aos sofridos.

De tempos em tempos, me surpreendo, de forma impressionante, com fotos e relatos apontando o crescimento do Evangelho nesses territórios em que, por vezes, enfrentamos o sofrimento da intolerância religiosa. Meu espírito enche de alegria ao ver almas conquistadas para o reino de Deus.

19. Prova de vida em Senegal

Outra situação de incitamento contra a Universal aconteceu no Senegal, também no oeste da África, em que 97% da população segue o islamismo. Um dos nossos templos chegou a ser completamente destruído. Fui informado desta agressão covarde por um dos bispos responsáveis pela Igreja no continente africano, entre 2010 e 2011.

O ato de fúria ocorreu na cidade de Dacar. Os pastores e membros conseguiram fugir. Jovens com pedras, paus, facas, martelos e até machados invadiram o templo, quebrando e queimando tudo o que encontravam pela frente: cadeiras, lâmpadas, armários e eletrodomésticos. Os banheiros e as instalações elétricas foram danificados. Algumas pessoas ficaram feridas e tudo foi destruído em poucos minutos. Até uma Bíblia foi rasgada.

A invasão aconteceu durante um culto em que fiéis buscavam o Espírito Santo. Mesmo assim, prosseguimos nosso trabalho, sem receios, confiantes na proteção e na Justiça de Deus. Mesmo com o prédio queimado, as reuniões continuaram acontecendo ali. Poucos meses depois, nosso templo principal foi totalmente reformado e reinaugurado com uma multidão de mais de duas mil pessoas.

Como aconteceu no Brasil há alguns anos, as injúrias sempre foram espalhadas por parte da imprensa irresponsável. Vários noticiários e jornais impressos senegaleses produziam longas reportagens nos acusando – acredite! – de sermos feiticeiros, classificando a Igreja como "seita satânica", e chegando a afirmar até que os pastores bebiam sangue humano nos cultos.

Não foi nada fácil para os membros. Muitos foram desprezados pelos familiares e até expulsos de casa. Mulheres foram abandonadas pelos maridos. Jovens chegavam até a Igreja famintos porque os pais os proibiam de comer em casa enquanto seguissem a fé cristã.

A história de uma obreira destemida do Senegal mexeu comigo. Adja Sokhna Fall, de 29 anos, chegou a ser amarrada e presa pelo próprio marido, dentro de um quarto, por oito dias seguidos. Preste atenção no depoimento dela:

> *Meu esposo fez isso porque eu disse que ficaria com Jesus. Eu disse para ele que o meu Deus é quem havia me curado após eu ter vivido enganada pela medicina por vários anos. Meu marido me fez comer como cachorro. Ele jogava a comida no chão e dizia: "Ou você deixa essa Igreja, ou vai continuar amarrada".*
>
> *Um dia, consegui escapar e corri para buscar socorro na casa de uma amiga da Igreja. Continuei indo às reuniões escondida do meu marido violento. Graças a Deus, ele cansou de me perseguir e eu não me cansei e nem me canso de buscar ao meu Deus.*

Um exemplo de convicção e bravura para todos nós da Igreja Universal. Um exemplo vivo de amor e renúncia, a qualquer custo. Você teria essa coragem de assumir a fé no Senhor Jesus?

20. Argentina monumental

As portas para o Evangelho na América do Sul se abriram por meio da Argentina. Em outubro de 1989,

Foram mais de 120 lançamentos oficiais da biografia *Nada a perder* ao redor do mundo até o final do segundo volume. A obra chegou nas livrarias mais renomadas de 53 cidades, em 27 países, de quatro continentes. O único evento que participei pessoalmente foi a distribuição do livro aos detentos de um dos principais presídios de São Paulo.

Em meio aos presidiários, tive a honra de conversar e orar com eles. Momentos de esperança para quem foi excluído do convívio de familiares e amigos.

ESPANHA
LIBRO 2
NADA QUE PERDER
MIS DESAFÍOS ANTE LO IMPOSIBLE

BLACKWELL'S
INGLATERRA

ITÁLIA

FRANÇA

PORTUGAL

Italiano

Francês

Cantonês

Japonês

EUA / LOS ANGELES

NOVA YORK

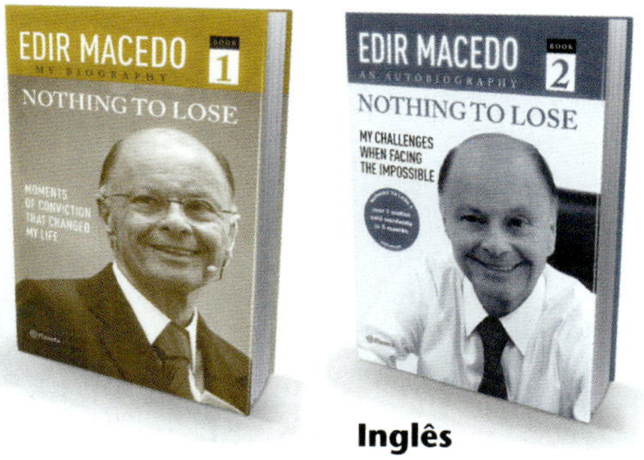
EDIR MACEDO
BOOK 1
MY BIOGRAPHY
NOTHING TO LOSE
MOMENTS OF CONVICTION THAT CHANGED MY LIFE
EDIR MACEDO
BOOK 2
AN AUTOBIOGRAPHY
NOTHING TO LOSE
MY CHALLENGES WHEN FACING THE IMPOSSIBLE

Inglês

ARGENTINA

BOLÍVIA

CHILE

REPÚBLICA DOMINICANA

MÉXICO

PERU

COLÔMBIA

RIO DE JANEIRO

SÃO PAULO

BRASÍLIA

AMAZONAS

BAHIA

MINAS GERAIS
MEGASTORE

A trajetória do livro atraiu a atenção da imprensa internacional, como o jornal *The New York Times.* Na África, os lançamentos arrastaram multidões como pode ser visto em um centro de conferências de Moçambique e no Museu do Apartheid, na África do Sul.

ÁFRICA DO SUL

ÁFRICA DO SUL

O último lançamento de *Nada a perder 2* no exterior lotou simultaneamente dois estádios em Johanesburgo, na África do Sul: o Ellis Park, onde a seleção brasileira jogou a Copa do Mundo em 2010, e um estádio vizinho, a menos de 500 metros do local.

O evento, para mais de 165 mil pessoas, foi chamado de "Nothing to lose" ("Nada a perder" em inglês).

Entre os convidados, o presidente do país, Jacob Zuma, e diversas autoridades sul-africanas. Com cartazes comemorando a chegada da biografia, a multidão cantou e dançou nas arquibancadas.

época em que eu negociava a compra da Rede Record no Brasil, realizamos o primeiro batismo nas águas em nosso país vizinho. Os vinte primeiros fiéis assumiram sua fé em um pequeno templo na capital Buenos Aires.

Desnecessário dizer que o início do trabalho também foi duro. Uma nação de formação latina, com raízes fortíssimas plantadas pelo Clero Romano e ferozmente defendida pelos jesuítas espanhóis.

De cara, a Universal foi massacrada em todos os meios de comunicação. Bispos, pastores e obreiros não podiam sair às ruas porque eram motivo de piada. Éramos odiados, ameaçados. Um dia chegaram a agredir um pastor na rua. A Igreja precisava se mostrar forte e exigir respeito da sociedade argentina.

Decidimos organizar uma concentração de fé no maior estádio da Argentina, o Monumental de Núñez, do River Plate. Eu viajei para lá especialmente para conduzir essa reunião. Meu nome era, constantemente, alvo de ofensas e escárnios na mídia local. Alguns dias antes do evento, um dos advogados da Igreja me deu um conselho:

— Bispo, melhor cancelarmos essa concentração. É mais prudente em meio a tantas notícias negativas. Não precisamos de mais notícias ruins. Se o estádio estiver vazio, vamos ficar desmoralizados. Poderemos dar mais munição aos nossos inimigos.

Rebati a dúvida na hora. Meus companheiros e eu desejávamos provar o nosso Deus. Era preciso uma saída.

Tudo ou nada.

— É agora ou nunca. Nós vamos fazer a concentração! — afirmei para o advogado.

Ninguém acreditava que a Universal seria capaz de encher o estádio. Em uma das reuniões com o administrador do River Plate, ele afirmou, ironicamente:

— Esse estádio é muito grande. Seria melhor vocês alugarem só a metade.

A resposta foi imediata:

— Só se Jesus está morto é que esse lugar inteiro vai ficar vazio!

Realmente era um desafio. Todos torciam pelo nosso fracasso. Espalhávamos cartazes pelos postes e muros com o convite da concentração, mas a prefeitura retirava tudo. Restou a propaganda boca a boca feita intensamente pelo nosso povo.

No dia do evento, todos os meios de comunicação estavam lá para ver o que aconteceria. A apreensão era grande. A menos de uma hora para a reunião, o estádio ainda estava vazio. No vestiário, unimos nossa fé em oração:

— Meu Deus, se o Senhor não nos livrar dos inimigos, eles vão fazer gato e sapato de nós.

Não sei explicar até hoje o que aconteceu, mas, em um período de trinta minutos, multidões e multidões começaram a chegar de uma vez.

Quando pisei no gramado e vi as arquibancadas completamente tomadas, eu gritei:

— A Igreja vai arrebentar mais que nunca neste país!

Os fiéis argentinos, os pastores e eu vibrávamos. A nossa resposta havia chegado. Quando terminou a reunião, quebrei o protocolo e abracei o povo de tanta alegria. Eu tinha certeza de que a história da Igreja seria outra a partir daquele momento. E, de fato, foi.

A Universal hoje é uma instituição extremamente respeitada na Argentina. Adquirimos uma nova sede magnífica em uma das avenidas mais centrais de Buenos Aires, a Corrientes, em Almagro, onde passam mais de 4.500 pessoas apenas nos cultos de domingo. No total, são mais de 260 templos de norte a sul do país, com milhares de membros espalhados pelas pequenas e grandes cidades portenhas, levando paz e transformação de vida aos desesperançados.

Dali saem pregadores para diversos países latinos onde tivemos avanços sem precedentes como Uruguai, Paraguai, Peru, Equador, Bolívia e Colômbia além das mais diferentes nações da América Central.

21. Zelo pelos filipinos

Sempre que viajo a Manila, capital das Filipinas, fico admirado com a força do crescimento da Universal junto àquele povo tão querido. Nossos templos já se tornaram pequenos para a quantidade tão grande de membros.

Os filipinos, na verdade, estão ajudando a espalhar a Igreja por toda a Ásia. Através deles, já chegamos a nações até então impossíveis de se pregar a Palavra de Deus.

Na minha última viagem ao país, estava partindo para o aeroporto quando Wladimir Nunes, bispo que comanda a Igreja ali, comentou, despropositadamente, sobre a quantidade de jovens filipinos que sonham em se tornar nossos pastores.

Já havia oito preparados para serem enviados a outros países de língua inglesa. Na hora, pedi para o motorista retornar à nossa sede. Não poderia deixar o país sem transmitir uma mensagem de fé àqueles rapazes, todos solteiros entre 18 e 25 anos.

— Vocês precisam zelar pela decisão do casamento. A escolha correta de uma esposa é uma decisão extremamente importante para um pastor. Cuidem e orem a Deus para conseguirem um casamento certo — preguei, em inglês, diante dos jovens de olhos puxados.

Somente depois de orar e abraçar cada um deles, Ester e eu partimos de volta para casa.

22. Chef na França

Não existem e nunca existiram regras específicas, cursos preparatórios ou qualquer regulamento para alçar homens e mulheres comuns à carreira espiritual de pastor dentro da Universal. A única condição é a disposição e o caráter cristão irrepreensível. A cada semana, cada mês, cada ano, mais e mais pastores são enviados mundo afora para ajudar a salvar os sofridos. E eles surgem da forma mais inesperada possível, na minha visão, por obra do Espírito Santo.

Eu me recordo de um exemplo emblemático, no ano de 1992. Estava há semanas realizando reuniões em Portugal e sempre observava um casal de voluntários, Vitor e Rosa Silva, dedicado e envolvido em socorrer os necessitados. Com quase 50 anos, ele era chef de cozinha de um restaurante português renomado, cargo que ocupava há décadas.

Ao fim de um dos cultos, em um rompante de fé, chamei os dois para conversar em particular e perguntei:

— Vocês estão dispostos a fazer a Obra de Deus? Precisamos de gente para nos ajudar a pregar o Evangelho por toda a Europa e pelo mundo. Vocês aceitam abrir mão de tudo para viver pela fé?

O casal, com dois filhos homens e jovens, aceitou na hora. Vitor largou a segurança do emprego e a vida pacata em Lisboa justamente em uma idade em que as pessoas sonham com a estabilidade, com vistas para os anos de aposentadoria.

Hoje, Vitor é bispo responsável pela Universal na França, em Paris, onde os cultos são cada dia mais tomados por um público enorme, e seus filhos também são bispos na Nova Zelândia e Holanda. Os dois foram consagrados no altar pelo próprio pai.

23. Quero comprar esse prédio

Eu estava no topo do Monte Sinai, no Egito, após longa subida para orar em favor do povo, quando disse para o meu genro, Renato Cardoso, então responsável pela implantação da Universal na Inglaterra:

— Encontre um lugar para comprarmos em Londres e fazermos a nossa sede no país.

A Igreja funcionava em um templo minúsculo, com capacidade para menos de cem pessoas, e enfrentava obstáculos para a abertura de um espaço mais amplo e confortável em território britânico. Muita gente não conseguia participar das reuniões devido à lotação do local. No quarteirão de trás, ficava a Brixton Academy, uma das maiores e mais conhecidas casas de show da Europa.

Renato exercitou a fé de forma destemida. Sem nenhum contato anterior, bateu à porta do teatro ignorando a timidez.

— Posso ajudar? — respondeu uma voz feminina, pelo interfone.

— Sim. Quero comprar esse prédio. Gostaria de falar com o dono, por favor — afirmou Renato, à época com apenas 23 anos.

O longo silêncio foi seguido por um pedido de espera até que o dono abriu as portas e o convidou para entrar. Mais que uma quebra de protocolo, a atitude de Renato contrariou as regras básicas de conduta nas transações de imóveis na Inglaterra. É inimaginável um comprador entrar em contato direto com o proprietário sem o mínimo de agendamento ou contato prévios.

As negociações avançaram até que a notícia foi publicada na imprensa e a pressão da opinião pública preconceituosa impediu a nossa compra. A transação foi vetada pelo governo. O mesmo caso da Brixton Academy aconteceu em Paris, na França, no processo de compra do La Scala, também um famoso teatro europeu, comprado pela Igreja, mas impedido de funcionar por determinados órgãos locais.

Ao fim da última rodada de negociações em Londres, indignado e frustrado, Renato ouviu o seguinte comentário de um dos arquitetos da Igreja:

— Pena que a compra deu errado. Bom, ainda temos o irmão gêmeo da Brixton Academy no norte de Londres...

— Irmão gêmeo? Como assim? — Renato perguntou, com os olhos arregalados.

A história era real: o mesmo arquiteto da Brixton Academy também havia projetado outra casa de shows: o Rainbow Theatre, no bairro de Finsbury Park. O prédio estava abandonado havia vinte anos.

— Vamos lá agora — disse Renato.

Em outubro de 1995, a Universal comprou o Teatro Rainbow que abriu as portas para sua primeira reunião na noite de *réveillon* daquele ano. O prédio passou por extensas reformas pelos quatro anos seguintes até ser reinaugurado em 1999.

Hoje é considerado mais charmoso e bonito que o Brixton Academy e usado como referencial pelas associações inglesas de edifícios históricos.

24. Israel no coração

Minha relação de reverência com o Estado de Israel começou desde o início da minha conversão ao Evangelho, meio século atrás. Desde este dia, passei a entender a importância da Terra Santa e seus significados espirituais tão profundos para quem deseja uma vida íntima com o Deus da Bíblia.

A Universal atua em Israel com templos em Tel Aviv, Haifa e Nazareth, com um trabalho evangelístico também destinado aos russos. A quantidade de imigrantes, originários da Rússia, que adotaram as cidades israelenses como terra natal é cada vez maior.

Já fui recebido por várias autoridades de Israel no Brasil e em Jerusalém e procuro sempre acompanhar de perto a luta pela paz naquela região tão conflituosa do mundo. Em 1997, para comemorar os 20 anos da Igreja, fui honrado com uma homenagem pelo então prefeito de Jerusalém, Ehud Olmert, que governou a cidade durante dez anos e já ocupou o cargo de primeiro-ministro de Israel. No ano seguinte, o então ministro do Turismo, Moshe Katsav, que se tornou presidente de Israel entre 2000 e 2006, me condecorou em seu gabinete. Outro momento de profunda honra.

Todas as autoridades sempre agradeciam as caravanas com milhares de peregrinos da Universal e dividiam comigo a preocupação com a paz em Israel. Alguns dos nossos bispos, inclusive, quase se tornaram vítimas da violência dos atos terroristas em 2002. Um grupo passava de ônibus pelo centro comercial de Jerusalém, a caminho do Túmulo de Jesus para realizar orações pelo povo, quando sentiu um forte estrondo.

Era uma jovem universitária, mulher bomba, que cometeu o ato suicida a menos de cinco metros do ônibus da Universal.

— O barulho foi terrível. Os vidros do carro estouraram. Havia muita gente machucada, sangrando, desmaiando, gritando. Logo chegaram as ambulâncias e o atendimento foi na hora — relembra o bispo Wilson dos Santos, à época responsável pela Universal no Canadá.

Nenhum dos bispos e esposas se feriu. Deus protegeu a vida de cada um deles. Segundo a polícia israelense, a ação da mulher bomba deixou dois mortos e mais de 113 feridos.

25. PRESENTE NAS TRAGÉDIAS

Uma das características notáveis da Igreja em torno do mundo é a solidariedade. Oriento pessoalmente os líderes nos continentes a fazer a diferença em um mundo egoísta e frio. É impossível enumerar aqui as ações sociais ou os projetos de ajuda ao próximo espalhados por todas as partes do planeta.

Os socorros acontecem em larga escala e nas mais diversificadas frentes de trabalho. São atendimentos às vítimas de desastres naturais na Ásia ou nas Américas, como a doação de alimentos e roupas para quem perdeu tudo no trágico terremoto da Colômbia, em 1999, ou nos tufões que constantemente atingem as Filipinas.

O auxílio dos nossos voluntários às comunidades carcerárias, com atenção especial às prisões na América Latina e no Leste Europeu. A ajuda aos familiares com doentes em hospitais, manicômios ou leprosários nos países pobres ou ricos. O apoio aos idosos em Portugal e às crianças órfãs em diferentes regiões da Europa.

A atenção especial às crianças albinas vítimas da violência e aos milhões de doentes da aids em todo o continente africano. A luta contra a agressão às mulheres em nações com altos índices de violência doméstica, também na África, no Sudeste da Ásia e no Oriente Médio.

A prestação imediata de serviços após catástrofes que marcaram a humanidade nos últimos anos, como, por exemplo, os terríveis atentados terroristas que destruíram as Torres Gêmeas, em 2001. No mesmo dia da tragédia, obreiros rapidamente ajudaram os bombeiros de Nova York, distribuindo água e comida.

Os exemplos se multiplicam de formas variadas em todo o mundo.

26. Luz no Oriente

Estive no Japão duas vezes para pregar a Palavra de Deus aos pastores e membros. A evangelização no mundo oriental é um desafio antigo para a Igreja que está sendo vencido nos últimos anos, apesar das dificuldades de um idioma tão diferente e complexo para os brasileiros.

Como nunca antes, a Universal tem crescido na Ásia. Os japoneses e os imigrantes brasileiros foram os primeiros a abrir as portas para nós, ainda em 1995. O atendimento espiritual nos atuais mais de vinte centros de ajuda acolhe a população que sofre com o desemprego ou as más condições de vida em um dos países mais prósperos do mundo.

O mal do suicídio também aflige o povo japonês que chega aos nossos templos. Em dezembro de 2012, após assistir a um vídeo sobre a floresta dos suicidas em Tóquio – um bosque aos pés do Monte Fuji em que centenas já tiraram a própria vida – pedi para o responsável da Universal promover uma campanha de fé para atacar essa enfermidade da alma.

O primeiro pastor japonês da Universal, Hideaki Terauchi, ajudou na pregação no idioma local e na orientação aos aflitos e desesperados. Segundo a Organização Mundial da Saúde, um milhão de seres humanos se matam por ano, e o Japão é o número um desse ranking macabro. O evento, batizado de "Stop Suicídio", reuniu milhares de participantes no mais famoso hotel da cidade de Hamamatsu e até hoje traz à Igreja novos japoneses em busca de cura para o espírito.

27. TIROS EM ANGOLA

Nossa primeira Igreja na África foi aberta em Luanda, capital de Angola, ainda no tempo da guerra civil que assolou a nação durante 27 anos. O primeiro pastor enviado para lá viveu situações dramáticas jamais imaginadas quando deixou o Brasil para difundir a fé cristã.

Logo que explodiu o conflito, ele e os membros precisavam interromper os cultos e, entre os bancos do templo, permanecer abaixados no chão por horas até os tiroteios pararem. A guerra armada se tornou ainda mais cruel e sangrenta.

— Volte para o Brasil, rapaz! Esse lugar está cada vez mais perigoso — falei, preocupado, ao receber um telefonema desse pastor para contar a trágica situação.

— Eu vou ficar aqui, bispo — ele me respondeu, decidido.

Comandante da Universal na África nesse período de guerra civil, o bispo Marcelo Crivella conta que um dos nossos pastores chegou a ser assassinado dentro de casa.

— Ele dormia no sofá da sala após pegar no sono assistindo televisão. Por volta das cinco da manhã, acordou com um barulho. Levantou e levou um tiro no peito. Sua esposa acordou e correu assustada para a sala e o encontrou ajoelhado, clamando a Deus pela salvação de sua alma. Ele não resistiu — relembra Crivella.

— Sei de pastores que passaram três dias deitados no chão esperando o fim dos tiroteios. Uma moça me contou que a avó, que morava no campo, cavava um buraco, se enterrava até o pescoço e escondia a cabeça entre arbustos para escapar com vida.

Angola saiu da guerra arruinada e sem recursos financeiros, mas deu a volta por cima. Hoje, virou uma das nações com maior potencial de desenvolvimento econômico de todo o continente africano.

A Igreja sempre foi muito respeitada pelos governantes locais e, nos últimos sete anos, experimentou uma inédita explosão de crescimento. São mais de 247 templos, com catedrais e edifícios confortáveis espalhados pela capital e pelo interior. Milhões de angolanos professam a fé no Senhor Jesus nos templos da Universal.

28. CHAMADO PARA A ÁSIA

Algo marcante que alegra meu coração é ver a Universal usada por Deus nos dias atuais da mesma forma como foi quando ainda engatinhava no antigo prédio da funerária. Os pastores largavam tudo para se entregar no altar a partir do primeiro chamado. Esse espírito de abnegação permanece assim em várias partes do planeta.

Em maio de 1997, conheci Pang Wai Lun, um jovem de origem chinesa criado na Holanda, um país protestante. Seus pais foram obrigados a abandonar Hong Kong, sua terra natal, na década de 1970 devido à crise econômica do país. Sofrendo com a miséria, entregaram os filhos para adoção. Wai Lun foi criado por um casal holandês na cidade de Roterdã, onde conheceu a Universal.

Mas foi em Antuérpia, na Bélgica, que tivemos nosso primeiro encontro. Ele havia se mudado para a cidade por motivos de trabalho e eu tinha ido para lá consagrar um dos nossos pastores a bispo. Quando ouvi a história de Wai Lun, chamei-o na hora:

— Você quer fazer a Obra de Deus? Você quer servir a Deus?

— Sim — respondeu, seco, estático, fitando os olhos em mim.

Wai Lun sempre foi um homem sério e de poucas expressões.

— Muito bem. Então você irá para a Inglaterra nos ajudar a pregar o Evangelho e conhecer mais a fundo a visão da Igreja.

Dois aspectos me despertaram a atenção naquele jovem. Primeiro, claro, sua história de vida. Ele se recuperou pela fé depois de crescer um adolescente rebelde e se tornar ladrão de carros. Sua conversão aconteceu em reuniões nas quais, inicialmente, apenas se pregava em português, idioma que Wai Lun até hoje não fala com fluência.

— A recepção dos obreiros me tocou. Havia algo especial naquele lugar. Eu entendia que estavam usando o nome do Senhor Jesus e, sobretudo, que havia espírito, vida e poder ali — ele recorda, aos poucos, alçado a obreiro e pastor auxiliar ainda na Bélgica.

Outro ponto que me cativou na hora foi saber que aquele rapaz estava sedento por pregar a Palavra de Deus sem ter a mínima ideia do que era a Universal no Brasil. Ele não conhecia o tamanho nem a força da Igreja. Como não lembrar dos meus primeiros passos de pastor, sem qualquer interesse pessoal, sonhando em ganhar almas a qualquer custo?

Anos mais tarde, em 2002, reencontrei Wai Lun na Inglaterra e novamente tivemos uma conversa direta:

— Você tem fé? — perguntei, sem entrar em detalhes sobre qual missão seria atribuída a ele.

— Sim, bispo! — rebateu Wai Lun, imediatamente.

— Ok, então você vai abrir a Igreja em Hong Kong. Deus te abençoe.

Mais um salto no escuro. Um novo passo de fé.

29. UNIVERSAL CHINESA

Hong Kong sempre foi estratégica para nós por ser porta de entrada para a evangelização dos chineses. Situada na costa do sul da China, a ilha é atualmente uma das regiões administrativas comandadas pelo governo comunista. Em toda a China, são mais de 1,3 bilhão de habitantes. Isso mesmo: mais de 1 bilhão de almas!

A Igreja abriu suas portas lá, em 2002, por meio de Wai Lun, consagrado a bispo na reunião de inauguração do Templo de Salomão, e funciona no 14º andar de um prédio, no centro nervoso da cidade. Eu fiz reuniões naquele templo e conheci de perto os desafios para a pregação do Evangelho na China.

Nossos cultos são realizados em inglês e em mandarim com foco em um grupo de chineses que já começa a aceitar a fé cristã. Além da língua, um dos principais obstáculos para pregar em território chinês são as barreiras políticas impostas pelo regime comunista. Em muitas localidades, até a Bíblia é proibida de ser lida publicamente.

Como um serviço de formiguinha, a Universal tem conseguido estabelecer seu crescimento. As reuniões estão sempre lotadas de membros fiéis, embora a população sofra com uma excessiva carga de trabalho. Em maio de 2013, Hong Kong já recebeu até a consagração de um pastor chinês: Tak Chi Wu, de 45 anos. Ele se mudou para lá com a esposa e as duas filhas adolescentes depois de conhecer a Igreja no Brasil.

A Universal da China tem desenvolvido um papel imprescindível na abertura de igrejas em países como Indonésia, Malásia, Tailândia, Taiwan e Cingapura.

30. MILHÕES DE DEUSES

Depois da China, o país mais populoso do planeta é a Índia com 1,2 bilhão de pessoas. Ali, atuamos há 16 anos espalhando os ensinamentos bíblicos em uma batalha contra a incredulidade e as tradições religiosas. São milhões de deuses, de todos os nomes e tipos, adorados de norte a sul do país.

A cidade de Chennai, antigamente chamada de Madras, foi a primeira a receber um dos nossos templos, em 1998. Um projeto de persistência. Realizar o trabalho missionário naquele país é uma missão quase impossível. As autoridades locais negam visto de entrada aos nossos missionários e rejeitam a abertura de novos templos pelo país.

Minha orientação para pastores e obreiros é a de jamais ofender a fé das demais pessoas, seja ela qual for. Uma ação de persistência. Ainda assim, enfrentamos as barreiras do preconceito religioso e das agressões.

Certa vez, um pastor chegou a ser denunciado sob a acusação de "evangelização" ao distribuir panfletos na rua. Ele foi obrigado a se apresentar à polícia indiana e acabou liberado. Outro caso terrível foi o do pai de um jovem recém-convertido à fé cristã. Quando soube que seu filho desejava servir a Deus, ateou fogo no próprio corpo e, apenas pela compaixão divina, não perdeu a vida.

Ainda assim, avançamos gradualmente e com consistência. A Universal já conta com nove pastores indianos e dois templos na cidade de Chennai, no estado de Tamil Nadu, com capacidade para mais de trezentas pessoas, sempre com novos fiéis a cada dia.

31. INDIANO: "VAI ARREBENTAR!"

Após dezesseis anos, tive o prazer de conhecer um dos nossos primeiros pastores indianos: Sathish Kumar, de 31 anos. Ele veio ao Brasil acompanhado de sua esposa Anitha Kumar aprender mais sobre o trabalho da Universal. Eu recebi o casal pessoalmente em nosso culto de Santo Amaro, em São Paulo, em abril de 2013.

Diante de mais de cinco mil presentes, Sathish contou sobre sua impressionante transformação de vida na Índia:

> *Eu sempre fui hindu. Acreditava em dezenas de deuses, mas não conhecia o verdadeiro Deus, o Deus vivo de Israel. Trabalhava para o governo indiano, tinha um emprego estável, mas não era feliz. Eu e minha família sempre sofremos com diversos males e somente fui liberto depois de colocar em prática a fé no Deus da Igreja Universal.*

Eu conheci a Igreja muito pequenina, há 16 anos, quando as reuniões eram feitas em pequenos núcleos de oração na Índia. Com o tempo, passei a ajudar as pessoas desesperadas do meu país que vivem enganadas por tantos deuses.
Há muito sofrimento entre o povo indiano. Diante das dificuldades, as pessoas recorrem a um novo deus diferente a cada momento.
Larguei tudo para servir ao Deus vivo: segurança do emprego, família, amigos e me lancei como sacrifício.
Pela fé, agi na confiança à Palavra do meu Senhor.
Agora, quero levar ao meu povo esse Espírito que encontrei na Igreja Universal aqui no Brasil.

Como nosso bispo chinês Pang Wai Lun, citado algumas páginas atrás, Sathish também não conhecia a Universal que vemos aqui no Brasil. Templos por todos os lados, emissoras de televisão e rádio, milhões de membros e obreiros. Pelo contrário, quando conheceu o Evangelho, a Igreja na Índia era ainda mais insignificante.

São valores assim que constroem verdadeiros homens e mulheres nascidos de Deus. É a ação da fé. Após o culto, no meio da conversa sobre o futuro da Universal na Índia, Sathish apenas me disse:

— Vai arrebentar, bispo!

Onde será que ele aprendeu isso, hein?

32. Terreno tomado na Venezuela

Foram anos seguidos de lutas para realizar um sonho na Universal da Venezuela: comprar um terreno espaçoso e bem localizado para erguer a nova sede nacional do país na capital Caracas. Pastores, obreiros e membros contribuíram durante um longo tempo com suas ofertas e dízimos para a aquisição deste imóvel, que aconteceu em 2009.

O projeto do novo templo já havia sido aprovado pelas autoridades locais. Era uma catedral moderna e confortável em um dos bairros mais tradicionais da cidade, vizinho a uma comunidade carente. Certo dia, a direção local da Igreja foi informada, de forma extraoficial, que o então presidente Hugo Chávez havia dado ordens para confiscar o terreno. A prática de nacionalizar empresas e expropriar imóveis particulares é comum no governo chavista.

As máquinas já estavam prontas para iniciar as obras, os comprovantes de pagamento completamente regularizados, mas não houve acordo. A guarda nacional venezuelana tomou o terreno em maio de 2011. A notícia da desapropriação chegou oficialmente até a Igreja por meio de um pronunciamento de Hugo Chávez em rede nacional de televisão.

Tentamos de tudo. Reuniões com o governo, ajuda diplomática, apoio de autoridades brasileiras, mas nada funcionou. Até hoje o terreno continua tomado da Obra de Deus.

Em 5 de março de 2013, Hugo Chávez morreu depois de ser diagnosticado com câncer.

33. Meus dias na Rússia, Ucrânia e Romênia

Um ponto inegável do êxito do trabalho da Igreja Universal é o espírito de abnegação do nosso exército de bispos, pastores e suas esposas. Faço questão de reconhecer que o empenho e a renúncia de milhares de homens de Deus, dedicados à causa do Evangelho como Ester e eu, têm sido fundamentais para a expansão internacional.

Reflito muito sobre isso quando viajamos pelas fronteiras mais distantes por onde a Igreja já chegou como o Leste Europeu, por exemplo. Há alguns anos, fiz concentrações de fé com seminários e templos lotados na Rússia, Ucrânia e Romênia, entre outras nações daquela parte da Europa, e novamente fiquei admirado com a seriedade e a disciplina do trabalho espiritual por lá.

Nas conversas com cada pastor, bem como com outros em lugares igualmente remotos do planeta, percebo algumas características em comum. O pastor da Universal não conhece limites. O pastor não tem horário, não tem férias e quase não tem folgas. O pastor não se envergonha de não saber falar um novo idioma. O pastor aplica todas as suas forças tanto para fazer uma reunião para cinco pessoas como para pregar numa concentração de milhares.

Quando há uma transferência, eles vão só com a esposa numa mão e a mala na outra. Então, a Igreja nasce, cresce e permanece. Há algo nestes homens e mulheres que faz a diferença: o Espírito Santo e a coragem de renunciar o próprio futuro no altar. Oro por cada um deles todos os dias. Agradeço a Deus pela vida deles e peço pela salvação de suas almas, o maior tesouro que carregam dentro de si.

Como sempre digo, os pregadores de caráter da Universal são a nossa maior riqueza. Para quem não sabe, há pastores que não estudaram o suficiente para saber ler e escrever corretamente. É verdade, mas mesmo assim eu aprendo com eles e não me envergonho de dizer isso.

34. Almas afogadas no mar

Alguns dos meus companheiros de Igreja me recordam até hoje de uma conversa informal na costa de Portugal contemplando a beleza e a grandeza do mar. Eu parei alguns instantes, olhei para o horizonte de águas azuis e os chamei para perto de mim.

— Eu vejo esse mar como o mundo. Consigo imaginar a humanidade se afundando longe de Deus, desesperada, pedindo socorro. Vocês e eu não vamos conseguir resgatar todos, mas vamos dar a nossa vida, tudo de nós, com todas as nossas forças, para salvar o máximo de gente.

Uso essa recordação para agradecer a todos os bispos e pastores que renunciaram seus futuros para nos ajudar a espalhar a fé e continuam entregando a vida ao Evangelho na Universal em todo o mundo. Meu desejo era de citar o nome de cada um deles aqui, mas isso seria impossível.

Além dos que já tiveram os nomes lembrados nas histórias deste livro, cito Romualdo Panceiro, Clodomir Santos, Marcelo Pires, João Leite, Djalma Bezerra, Celso Junior, Ubirajara Fonseca, Renato Cardoso, Júlio Freitas, Franklin Sanchez, João Urbaneja, Marcelo Cardoso, Manoel Francisco, Randal Filho, Marcelo Bryner entre tantos outros bispos e pastores.

Como se esquecer de homens de Deus guerreiros que nos auxiliaram, guiados pelo Espírito Santo, a transformar a Igreja Universal nessa força presente em todo o planeta?

Que Deus conserve em cada um a fidelidade, a fé inabalável, o espírito pronto para estender a mão aos aflitos e, sobretudo, a salvação de suas almas.

35. IGREJA NO APARTHEID

E é justamente no continente mais marcado por guerras e violência nos tempos modernos, a África, onde aconteceram as mais belas e incríveis passagens sobre o crescimento da Universal ao redor da Terra.

A decisão de ir para a África do Sul, por exemplo, foi audaciosa. O país sofria com o apartheid, regime de segregação racial imposto de 1948 a 1994. Brancos e negros não se misturavam. O preconceito e a violência reinavam nas ruas dessa nação africana. O sofrimento da exclusão e a dor da injustiça eram muito grandes.

Em setembro de 1992, quatro meses após minha prisão, ainda com as feridas abertas por ter sido vítima de tanta discriminação e das mais variadas armações, convoquei o bispo Honorilton Gonçalves para desbravar o território sul-africano. A Universal já colhia frutos surpreendentes de crescimento em Angola. A sede dos africanos em conhecer o Deus de Israel chamava minha atenção.

Eu carregava o sonho de evangelizar a África desde os meus primeiros passos de conversão, ainda no Rio de Janeiro. Comentava sempre com Ester que um dia ganharia muitas almas nas cidades, vilarejos e tribos africanos. Sempre acreditei na sinceridade desse povo marcado ao longo dos séculos por uma trajetória de opressão e mazelas.

Nosso contato para fundar a Igreja na África do Sul era um pastor português conhecido como Chagas que, de imediato, se prontificou a nos ajudar alugando inteiramente o templo de sua denominação para nós. Achei estranho, mas resolvemos dar um crédito. O prédio ficava em um então bairro exclusivo de brancos chamado Bez Valley. O local era pequeno, mas bem organizado. Parecia fácil demais para ser verdade. Logo percebemos que a proposta era um tiro no pé.

— Bispo, essa região parece um verdadeiro deserto. Não passa ninguém na rua. A maioria branca não sai de casa com medo da violência no país — relatou Gonçalves, por telefone.

— Precisamos focar nosso trabalho na população negra. Eles sabem o que é sofrimento. Eles necessitam de ajuda — respondi, convicto.

Ao procurar novamente Chagas, contamos sobre os nossos planos de adquirir um templo em um bairro tradicionalmente de negros. Ele tomou um susto e nos assegurou de que seria uma verdadeira insanidade. Para ele, os bairros negros eram lugares sem lei, perigosos, onde os brancos corriam sério risco de morte.

— Quando os negros tomarem conta de tudo nas próximas eleições, esse país vai ser jogado em uma guerra civil. Os brancos serão assassinados nas ruas. Vocês não podem ficar aqui. Voltem para casa — aconselhou o pastor Chagas.

— Agora sim! Estamos no caminho certo. Esse é um sinal claro de que vamos crescer — afirmei para Gonçalves.

Enquanto procurávamos um espaço nos bairros negros, a Igreja em Bez Valley começou a encher devido ao serviço de evangelismo de porta em porta. As reuniões aconteciam em português e inglês.

Em janeiro de 1993, enfim, encontramos nossa nova sede na África do Sul: um imóvel alugado em que funcionava um supermercado bem no centro do maior terminal de transporte público de Johanesburgo, na rua Hoek, ponto de intenso tráfego da população negra na capital.

O que eu nunca imaginei é que esse prédio seria protagonista de umas das mais impressionantes histórias de fé em toda a minha vida.

36. Fé que une brancos e negros

Devido à onda de ofensas pessoais contra mim e minha família no Brasil e nos Estados Unidos, desencadeada após a compra da Record, decidimos nos mudar para a África do Sul em agosto de 1993. Vivi durante um ano percorrendo as principais cidades africanas, quando conheci ainda mais de perto a beleza interior e a ternura deste povo tão querido.

Até hoje, quando volto para a África durante minhas viagens missionárias, parece que estou em casa. Faço as reuniões com muito entusiasmo e cheio de vontade de nunca mais deixar aquele continente. Ao reencontrar os primeiros membros e obreiros, saltam à minha memória momentos ímpares do início da nossa obra evangelística.

Ainda nos anos 1990, quando tudo começou, tivemos que nos acostumar com a paixão da população pela música e pela dança. Incorporamos essas características culturais ao nosso modo de fazer os cultos, sem nunca deixar de ensinar o povo a viver pela fé inteligente. As roupas coloridas e os gritos de euforia são comuns durante as reuniões.

Os membros africanos também tiveram que se acostumar com a nossa presença no cotidiano deles, afinal éramos um grupo de brancos e imigrantes pregando esperança e superação. Para a maioria, a presença de brancos em sua vida significava unicamente maus-tratos e exploração.

Pela primeira vez na vida, negros ouviam dos pastores brancos da Universal: "Sim, vocês podem vencer. Sim, Deus ama vocês como ama os brancos. Nós estamos do lado de vocês. Diante do nosso Deus, negros e brancos são plenamente iguais". E dançávamos, cantávamos e orávamos abraçados lado a lado com gente que sequer havia chegado próximo de um branco.

Rapidamente, a Igreja explodiu de canto a canto da África do Sul e dos países vizinhos do continente. Conforme a fama se espalhava nas cidades sul-africanas, a Universal passou a ganhar apelidos. Em algumas regiões chegou a ser chamada de "a Igreja que trouxe chuva". Moradores locais atribuíam à fé no Senhor Jesus o fim de longas épocas de estiagem.

Em Johanesburgo, ficou conhecida como "a Igreja que parou a violência nos trens". Naquele tempo, a cidade tinha elevados índices de assassinatos nos vagões de trem que partiam para as comunidades carentes. Diariamente, chegavam notícias de homens, mulheres e até crianças baleados ou mortos a facadas enquanto passeavam ou voltavam do trabalho. Com a evangelização dos pastores e obreiros nos trens, a violência desabou.

Em poucos meses, as reuniões juntavam gente nas calçadas. Eu me recordo de uma inauguração, em um dos nossos templos na África do Sul, anunciada em um espaço publicitário de um jornal bem popular. A propaganda da Igreja foi publicada na página de trás do anúncio de um famoso bruxo local. Na primeira reunião de domingo, logo de início, mais de duzentas pessoas compareceram. E a progressão foi aritmética, domingo após domingo: quatrocentas, seiscentas, oitocentas e mais de mil pessoas até que o espaço dentro do templo já não era mais suficiente.

Sempre foi impressionante a receptividade positiva ao nosso trabalho. Fazíamos o mesmo trabalho de atendimento espiritual e de evangelização que no Brasil, mas o povo carente respondia em multidões. As reuniões de libertação e cura abarrotavam de vidas transformadas. Quando distribuíamos panfletos com convites para as reuniões, as pessoas literalmente brigavam para arrancar de nossas mãos.

A carência de Deus sempre foi de encher meus olhos de lágrimas.

37. O inacreditável em Johanesburgo

O ritmo acelerado do aumento de fiéis ocorreu primeiramente em nossa antiga sede em Johanesburgo, em um velho e calorento prédio no bairro de Park Station, inaugurado em janeiro de 1993. Ali, aconteceria uma das experiências com Deus mais marcantes em toda a minha vida. Uma das passagens mais tocantes em toda nossa trajetória de crescimento mundo afora.

A Igreja ficava no porão de um antigo supermercado desativado. Sem janelas para ventilação, sem ar-condicionado e sem escadas rolantes de acesso até a calçada. Era impossível respirar direito com tanto calor. O cheiro era fétido devido à deterioração de restos de frutas e legumes jogados no lixo pelos comércios vizinhos. Ratazanas e baratas dividiam o mesmo espaço com os pastores e o povo. Se qualquer órgão de saúde pública executasse algum tipo de inspeção, certamente o prédio seria interditado na hora.

O porão comportava 250 pessoas, mas as reuniões já superlotavam com mais de quinhentos fiéis por culto. Éramos obrigados a realizar cinco reuniões diárias, sete dias por semana, para dar conta da demanda de aflitos e desesperados.

O primeiro dia que pisei naquele lugar não sai da minha memória. Pouco antes de chegar para a reunião, observei o nosso vizinho de poucas casas à frente. Era uma igreja anglicana, com imponente arquitetura, a fachada revestida de pedras, construída em um espaçoso terreno. Os portões estavam fechados naquele domingo, já que o edifício funcionava apenas três vezes por semana para meia dúzia de pessoas.

Ao entrar naquele porão e ver a cena da multidão encolhida, se abanando de calor e para afastar o mau cheiro do ambiente, fui tomado por uma fúria interior. Confesso: realizei a reunião com raiva. Uma indignação profunda invadiu o meu espírito e a minha mente. O cheiro insuportável de comida estragada era combustível para a minha revolta. Segurava o microfone com vontade de gritar. A imagem do povo exprimido e a lembrança da igreja anglicana de portas cerradas despertaram a minha ira.

Mal terminou a reunião, ao passar em frente àquela linda catedral fechada, meu interior incendiou de furor. Fechei os olhos, cerrei os pulsos e clamei a Deus em uma oração silenciosa, mas tomada de revolta:

— É justo, meu Deus? É justo esta igreja enorme vazia e fechada enquanto o Teu povo, sedento da Palavra, está naquele porão como sardinha em lata? Será que Aquele que fez os olhos não vê tamanho disparate de injustiça? Que Aquele que fez os ouvidos não ouve o clamor desse povo sofrido?

Meu sofrimento em ver os fiéis e a nossa Igreja humilhados gerou indignação em mim. A dor da injustiça provocou a revolta. A revolta despertou a fé. E a fé em prática produziu efeitos imediatos.

Dois anos mais tarde, naquele mesmo local, construímos a primeira grande catedral de toda a África para 1.800 pessoas. E hoje, uma década depois, erguemos no mesmo local uma nova catedral ainda mais ampla com capacidade para sete mil fiéis sentados.

Adquirimos os imóveis do quarteirão inteiro. Compramos o porão abafado para ser transformado em estacionamento no subsolo. Na mesma quadra, em frente à tal igreja anglicana, também adquirimos um prédio de 32 andares, voltado hoje para o trabalho administrativo da nossa sede e moradia de pastores.

Em toda a África do Sul, atualmente são mais de 380 templos espalhados de norte a sul, com milhares de obreiros e milhões de membros fiéis.

Preciso escrever algo mais?

38. Grito de liberdade no Soweto

Outra de nossas catedrais mais deslumbrantes no mundo é a do Soweto, bairro de Johanesburgo, palco de conflitos do povo negro contra o apartheid. Quem passa hoje pelo magnífico prédio, que destoa da paisagem de casas e comércios humildes da região, não faz ideia do caminho tortuoso enfrentado por mim e por meus companheiros da Universal.

Sem dúvida, é outra das histórias mais comoventes do avanço da Igreja em todo o planeta.

Meus companheiros e eu vivemos essa época difícil na África do Sul. Como descrevi algumas páginas antes, era a época final do apartheid, Nelson Mandela já havia sido libertado, mas ainda existia uma brutal rivalidade entre negros e brancos pelas ruas do país. A maioria da população africana é negra e muito pobre.

O regime de segregação fez com que a minoria branca detivesse o poder econômico e político. No geral, os negros eram empregados domésticos dos brancos ou trabalhavam em fábricas. Pessoas humildes e sofridas. Os negros eram obrigados a morar separados dos brancos. O Soweto sempre foi o lugar deles.

Em uma de minhas primeiras reuniões com os pastores da África, no começo dos anos 1990, direcionei a linha de ação do nosso trabalho missionário:

— Como a Bíblia ensina, precisamos focar nossa mensagem nas pessoas sofridas. Os brancos serão muito bem recebidos em nossas igrejas, claro, mas o foco espiritual deve ser os negros. Vamos em busca dos africanos sofridos.

Desde o início, meu sonho sempre foi abrir um grande templo no coração do Soweto. Um pronto-socorro espiritual, 24 horas de plantão, para atender os sedentos de Deus. Como sempre, não faltaram tentativas de desestímulo em nosso percurso. Em um encontro com lideranças evangélicas sul-africanas, o pastor de uma denominação tradicional decretou ser impossível o sucesso de uma "igreja de brancos" no Soweto.

— É impossível! Se vocês brasileiros não sabem, branco é proibido de entrar nesse bairro. Soweto é um lugar muito perigoso. Os negros matam os brancos sem piedade. É uma completa loucura.

Como sempre fizemos, nunca demos ouvidos ao derrotismo e logo conseguimos alugar um prédio velho e abandonado, com estrutura pobre e precária, numa rua residencial do Soweto.

Era um lugar descuidado, com vitrais quebrados nas janelas, por onde entravam muitos pombos que sujavam o salão. O chão era de cimento batido. O espaço era amplo, comportava duas mil pessoas, e em pouco tempo passou a juntar sul-africanos do lado de fora. O som também era frágil. Tínhamos apenas uma caixa de som. Não havia altar. Eu preguei inúmeras vezes sobre caixotes de madeira que recolhíamos de um pequeno mercado vizinho.

E assim, passo a passo, de boca em boca, a Igreja conquistou milhares de habitantes do Soweto. Nunca sofremos qualquer tipo de violência ou maus-tratos daquele povo tão amado e gentil. Provamos que não existe diferença entre brancos e negros em nome da fé. Todos são almas na Universal.

A imagem do dia em que realizei o culto de inauguração, em março de 2009, fala por si: seis mil sul-africanos tomaram os assentos do templo e mais de quatro mil acompanharam a reunião do lado de fora, no estacionamento. Faltou espaço para tanta gente. A reunião foi feita em inglês, com tradução simultânea para os dialetos xhosa e zulu. Além de orar e meditar nos ensinamentos bíblicos, dançamos e cantamos, lado a lado com homens, mulheres e crianças, em um domingo que jamais sairá da minha memória.

Os dias no Soweto me despertaram a inteligência para algumas perguntas. Como um branco consegue reunir tanta gente no coração do levante dos negros contra o racismo? Como um imigrante brasileiro, com inglês razoável, consegue nutrir tanto respeito e carinho do povo daquele bairro?

Como as lições de fé de uma Igreja que nasceu no subúrbio do Rio de Janeiro mexem tanto com homens e mulheres, durante décadas, sedentos pelo direito de liberdade? Por que bispos e pastores da Universal, quase sempre brancos e brasileiros, são tratados com tanta reverência no local mais improvável de isso acontecer?

É a prova inquestionável e irrefutável da direção do Espírito de Deus no trabalho que iniciamos 37 anos atrás.

Nova York, nos Estados Unidos, foi o local escolhido para ampliar o trabalho da Universal pelo mundo. Nossa primeira sede em território norte-americano guarda lembranças de um tempo de dedicação e amor ao Evangelho que chegaram até os dias de hoje.

BOSTON

TEXAS

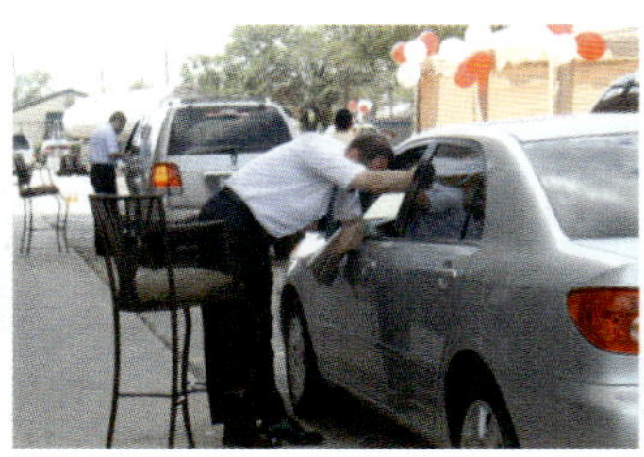

LOS ANGELES

NOVA YORK

MIAMI

Em Portugal, sentimos as dores do preconceito e da intolerância, mas persistimos no trabalho de resgate aos sofridos e, entre outras conquistas, construímos a primeira catedral da Europa no Porto (à direita). Em Lisboa, a beleza do Cine Império transformado em pronto-socorro espiritual.

S. R.

MINISTÉRIO DA JUSTIÇA

POLÍCIA JUDICIÁRIA

DIRECTORIA-GERAL

Exmº. Senhor
Vice-Presidente da Igreja Universal do Reino de Deus
Alameda D. Afonso Henriques, 35
1000 LISBOA

S/Refª

N/Refª
Secretariado

Rua Gomes Freire, 174
1199 LISBOA CODEX

Ofº Nº 000027 SEC/DG
De 1996-01-10

Assunto: Igreja Universal do Reino de Deus.

Reportando-me ao requerimento de V. Exa. sobre o assunto mencionado em epígrafe, informo que não existe qualquer processo em que a Igreja Universal do Reino de Deus seja arguida. Mais informo que as pessoas colectivas não podem em processo penal ser constituídas arguidas.

Com os melhores cumprimentos.

O DIRECTOR-GERAL

(Fernando Negrão)

Documento oficial da Justiça portuguesa inocentou a Igreja de todas as acusações desde a sua fundação (à esquerda). Pregar naquele país sempre foi um dos meus maiores prazeres.

Recebi um dos nossos pastores indianos e sua esposa no culto realizado em São Paulo. A nação de milhões de deuses tem conhecido o Deus Vivo.

Estive no Japão duas vezes para pregar a Palavra de Deus. A evangelização no mundo oriental é um desafio antigo para a Igreja que está sendo vencido nos últimos anos.

FRANÇA
UNIVERSELLE

www.uckg.org

RÚSSIA
WWW.IURD.RU

Em Londres, adquirimos a antiga casa de shows Rainbow Theatre, no bairro de Finsbury, que passou por várias reformas e se tornou um dos edifícios mais belos e tradicionais da Inglaterra. Na Ucrânia e na Rússia, me impressionei com o avanço do trabalho espiritual por lá.

1. As portas para o Evangelho, na América do Sul, se abriram por meio da Argentina. Sofremos ataques da mídia preconceituosa, mas hoje a Universal é respeitada. O belo prédio de esquina, com imponente arquitetura, abriga nossa sede em Buenos Aires.

2. Assim como na Argentina, as ofensas foram intensas no Chile ao ponto de expulsarem do país pastores da Igreja Universal com suas famílias, sem respeitar os apelos diplomáticos do Itamaraty. O tempo provou nossa completa inocência.

EL MERCURIO — Viernes 27 de Marzo de 1998

SEGUN DISPUSO EL MINISTERIO DEL INTERIOR:

Pastores Brasileños Serán Detenidos

Expulsarían a 15 misioneros brasileños de secta "Universal"

Policía no pudo expulsar a brasileños

Cónsul brasileño apoya gestión de Gobierno en caso de pastores

Iglesia Universal jura que no le hace a ritos macumberos

Página de Cierre

Otro decreto de expulsión contra brasileños

MÉXICO
Jesucristo es el Señor
Iglesia
Universal

ÁFRICA DO SUL

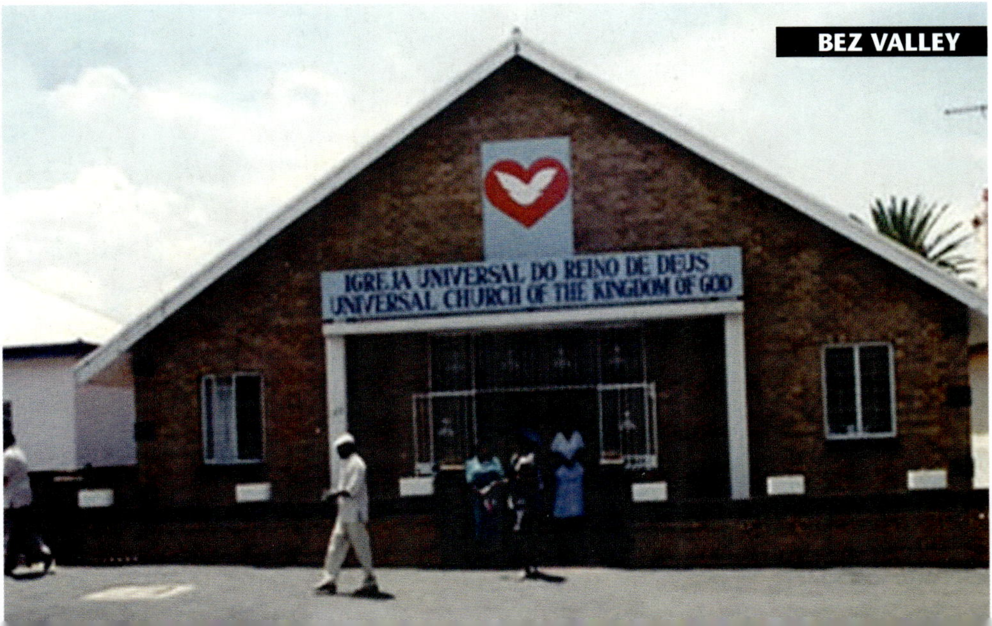

BEZ VALLEY

A África é a minha casa. Aquele continente sofrido, com o povo vítima de tantas injustiças e dores, foi protagonista das histórias mais comoventes do crescimento da Igreja em todo o planeta.

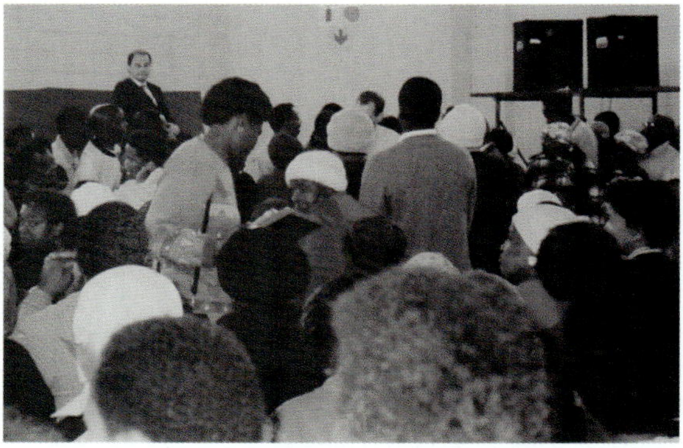

No Senegal, um dos nossos templos foi completamente destruído, reconstruímos e na inauguração tivemos mais de 2 mil pessoas. O Evangelho se fortalece cada dia mais nas nações africanas.

ZÂMBIA
Jesus Christ is the Lord

BOTSUANA
JESUS CHRIST IS THE LORD
UNIVERSAL CHURCH OF THE KINGDOM OF GOD

CABO VERDE
Cenáculo do Espírito Santo

Qual o segredo do crescimento da Igreja Universal pelo mundo? Como sair do zero e chegar a mais de 100 países sem o apoio de nenhum governo nem o patrocínio de nenhuma grande empresa privada? Como avançar tanto em tão pouco tempo? Alguém acredita que um homem sozinho é capaz de fazer isso? Pense e reflita.

A minha luta contra a injustiça e a opressão dos que sofrem longe de Deus é a mesma dos negros que se revoltaram contra a discriminação racial desumana e cruel no continente africano.

"Mulher virtuosa, quem a achará? O seu valor muito excede o de finas joias"

(Provérbios 31.10)

CAPÍTULO 2

UM TESOURO EM CASA

Amor puro

O silêncio tem um valor supremo. Aprendi a preservar os instantes de compenetração nos períodos mais difíceis da minha vida. O silêncio começa por mim. Quando me calo, o Espírito fala. E o espírito ouve. Assim é possível conversar com Deus e ouvir a Sua voz no mais profundo do nosso íntimo.

Preservo na minha rotina esses momentos sagrados em busca de intimidade espiritual. Sozinho, na sala ou no escritório, na varanda de uma casa ou na sacada de um apartamento com vista para o horizonte, eu me escondo do barulho e me isolo do mundo.

Nos cultos que realizo desde os meus primeiros passos como pregador do Evangelho, há ciquenta anos, sempre estimulo o momento de silêncio em meio às orações. Em plena reunião, como até hoje é costume na Igreja Universal do Reino de Deus, peço para todos silenciarem por alguns minutos em meio ao nosso ritual de louvor. Sem música, súplicas, lamentos. Sem uma palavra. Um som sequer.

Há um sentido maior para essa prática: a alma arde com o silêncio voltado para Deus.

Criei esse hábito para estimular as pessoas a olhar para suas almas. Interromper a correria do dia a dia exige mais de nós mesmos. Exige entrega. O silêncio pensativo em Deus nos obriga a fazer uma pausa para a reflexão, o autoexame e a autodescoberta. Isso brota de uma disposição em abrir nossos pensamentos e o desejo mais profundo de ser guiado pela vontade divina. Leva à reflexão a respeito de quem somos em relação às circunstâncias e experiências que vivemos. Um olhar mais profundo sobre tudo o que nos cerca, nossa condição de existência, sobre nossos desejos e sonhos.

Vez ou outra esses meus períodos de privacidade são interrompidos apenas por uma voz suave e cheia de doçura. É Ester, minha esposa e fiel companheira com quem divido a vida há quase 43 anos. Certo dia, em meio a estes mesmos momentos sagrados de silêncio, parei para pensar na importância dela para mim e como ela esteve ao meu lado durante as fases mais penosas ao longo da minha vida.

No desafio de enfrentar a rejeição de vários líderes evangélicos. Na luta, muitas vezes inglória, por uma única oportunidade de pregar a Palavra de Deus. No sofrimento do nascimento de Viviane, nossa filha caçula. Os gritos de dor ao saber de sua deficiência física. Nas seguidas cirurgias da nossa menina que nos levaram ao limite da resistência emocional. Na exata hora da prisão. Os onze dias mais longos do meu viver. Na batalha pela compra da

Rede Record contra a pressão de políticos e dos maiores grupos empresariais do país. Na tortura moral de ter nossa dignidade jogada na latrina pelos veículos de comunicação até então mais poderosos do Brasil.

Dramas relatados ao longo desta trilogia de memórias. Em cada deserto, ela estava ao meu lado.

Nesses momentos de tribulação, em quem eu me apoiava além da minha convicção em Deus? Quem me dava forças, além de Deus? Quem sempre esteve ao meu lado e me gerou confiança? Quem sempre foi minha auxiliadora fiel?

Ester.

Eu jamais esquecerei a presença dela comigo. É algo tão forte e enraizado como todos os meus pesadelos no deserto, como todos os ataques e ofensas que enfrentei no decorrer desse tempo. Em todos os meus momentos de amargura, ela estava ali, ao meu lado, me dando forças e me injetando ânimo. Suportei o que suportei porque eu tive uma esposa, uma companheira, uma verdadeira mulher ao meu lado.

Creio também que não sei, em detalhes, de tudo o que passou dentro dela em nossas fases de maior agonia e os aprendizados e lições espirituais que carrega dentro de si ao viver como protagonista anônima de tantas histórias nessas últimas quatro décadas. Passamos por circunstâncias que muita gente sequer imagina. Superamos dores agonizantes como preço pela dedicação total ao Evangelho. Assumimos uma vida de renúncias.

Ester é uma real auxiliadora, ela cumpre o seu papel de mulher. Se não estivesse ao meu lado, inúmeras situações teriam sofrido um destino diferente. Honestamente, não faço ideia de como seria a minha vida hoje.

Esta história de amor e fé começou no início dos anos 1970, no Rio de Janeiro.

Ainda solteiro, aos 26 anos, eu procurava uma mulher enviada de Deus para mim. Os braços da cruz tinham de ter o mesmo DNA da haste vertical, como costumo dizer sempre em minhas mensagens aos noivos e namorados. Eu tive muitas namoradas, mas nenhuma delas me deu certeza interior. Não havia fé que sustentasse o amor. Eu até gostava desta ou daquela moça, mas faltava uma certeza absoluta. Desde o dia em que conheci Ester, nunca, jamais, em tempo algum, eu tive dúvida de que ela seria a mulher da minha vida.

Naquele tempo, eu já frequentava a Igreja Evangélica Nova Vida, no bairro fluminense de Botafogo. E tinha um medo que beirava o desespero: ter um casamento arruinado. Tanto receio não era sem fundamento. Eraldo e Celso, meus irmãos, já tinham esposas, mas os casais viviam em pé de guerra. Muitas vezes, chegavam a se agredir fisicamente. Assisti a tudo de perto. A mulher de Celso, Eliana Bezerra, guarda essas brigas na memória até hoje.

— Eu tinha muito ciúme do Celso, discutia com ele o tempo todo. Outro problema sério era com nossas crianças. Eu tive quatro filhos e, no meio deles, perdi quatro bebês prematuros. O bispo Macedo nos ajudou muito, nos aconselhava. Só por isso nosso casamento deu certo — conta ela, hoje membro fiel da Universal.

Após meu encontro com Deus, entendia que a decisão mais importante da minha vida seria acertar na escolha de uma esposa.

Não desperdicei a chance quando uma colega de Igreja, a bela jovem Ester Eunice Rangel, pediu ajuda em matemática, a minha disciplina favorita. À época, Ester fazia um curso preparatório para concurso de um banco estadual.

As aulas particulares nunca aconteceriam de fato. No primeiro encontro, na saída do curso, uma surpresa. Atirado, logo coloquei as mãos nos ombros dela.

— Você é abusado, hein! — disse Ester, me encarando, antes de afastar meus braços.

— Sou mesmo! — respondi. E coloquei as mãos nos ombros dela novamente.

Até hoje, Ester lembra esse dia em detalhes:

— No fundo, aquela atitude chamou minha atenção. Gostei da determinação dele. Ele mostrou que era decidido, sabia o que queria, não era um sujeito volúvel. Mostrou firmeza, um caráter forte, determinado. No primeiro dia eu me encantei com ele. E depois com o que ele faz, sou encantada com o trabalho dele. Eu me sinto realizada como se fosse eu mesma fazendo.

Nós dois tínhamos acabado de desmanchar noivados. Ester havia descoberto que não gostava do antigo namorado. E eu, já nos preparativos finais para o casamento, me decepcionei com uma única atitude da minha noiva. Foi o suficiente.

Quando vi Ester pela primeira vez, de fato, disse que iria me casar com ela. Mas fui precavido. Investiguei a ficha de cadastro dela no escritório da Igreja. Descobri que era de uma família evangélica, cujo avô havia sido pastor de uma denominação tradicional. E passei a "persegui-la".

— Ele me seguia na hora de sentar no culto. Eu ia para um lado, ele ia também. Eu ia para o outro, e lá estava o Edir — relembra Ester, em nossos momentos de afago.

O romance foi relâmpago. Dias depois de se declarar, pedi ao pai de Ester para namorá-la. Não perdemos tempo. Em apenas oito meses, namoramos, noivamos e casamos. Estávamos muito apaixonados e felizes.

Ester tinha algo a mais. Foi o meu primeiro amor. Parece que a gente estava procurando um pelo outro fazia anos e nos encontramos naquele momento. Eu me recordo da primeira vez que fomos sozinhos ao cinema. Que noite maravilhosa! Ficamos colados o tempo inteiro do filme, entre abraços e beijos carinhosos. Aliás, não me recordo nem o nome do filme...

Foi um encaixe perfeito embora sempre tivéssemos nossas imperfeições. Sei que o meu jeito determinado, por exemplo, muitas vezes assustava Ester. Certa vez, antes do casamento, ela me disse abertamente, sem meias palavras:

— Acho que eu não vou mais casar com você, não. Estou com medo. Não sei se é a vontade de Deus.

E respondi, taxativo:

— Mas eu tenho certeza! Tenho certeza que é a vontade de Deus!

E perseveramos sem titubear.

Os desafios foram muitos antes de nos unirmos no altar. Certa vez, um pastor disse a Ester, de forma incisiva, que o casamento não daria certo. Alegou que tivera uma visão:

ela se encontrava em um lugar alto, chorando amargamente. Curioso é que, anos mais tarde, quem arruinou seu matrimônio foi o tal "pastor adivinho".

Não havia dúvida em nós. Em 18 de dezembro de 1971, firmamos nossa aliança de casamento na Igreja Nova Vida, de Bonsucesso, no Rio. Uma festa simples, mas inesquecível. As fotos mostram a minha expressão sorridente e feliz, encantado com a linda noiva. Eu tinha um sorriso de orelha a orelha.

Deste dia em diante, Ester e eu somos um só. A nossa afinidade é evidente. Um olhar, um gesto, meia palavra, e já entendemos o recado um para o outro. Nem sempre isso significa afinidade de opiniões, mas saber o que fazer, ou deixar de fazer, para agradar ao outro.

Estamos sempre juntos, grudadinhos desde o primeiro dia de união. Na hora das refeições, nas viagens missionárias, no descanso do lazer, nos passeios de sábado. Na hora de me arrumar para a pregação, ela me ajuda a fechar a gola da camisa, e eu palpito sobre a combinação das cores do vestido dela. Nas reuniões com os membros ou com os pastores, lá está ela, sempre nas primeiras fileiras.

Ester é o meu porto seguro. O guerreiro está acostumado a batalhar e sacrificar lá fora, mas quando chega em casa, ele precisa de braços meigos, palavras doces, de um colo, de um afago para renovar suas forças. Ela é esse meu refúgio.

É inacreditável como dependo e sempre dependi de Ester. É inacreditável o tamanho do meu amor por ela.

Amor. Simplesmente amor.

JANTAR SEM CAMARÃO

Durante a lua de mel com Ester, eu não consegui um carro emprestado para viajar. Nós tivemos de embarcar de ônibus para um hotel simples da cidade de Caxambu, em Minas Gerais. E o pior: arrastando as malas da Estação da Leopoldina até a Rodoviária Novo Rio. Durante todo o percurso, a felicidade de Ester contrastava com a minha irritação.

Mas a bronca passou rápido. Era noite de núpcias.

No retorno para casa, começaram as dificuldades da rotina de casado. O custo da vida a dois era alto. Eu trabalhava demais sem ver os benefícios de tanto esforço. Os cálculos no valor da moeda de hoje dá uma ideia do tamanho do aperto. Meu salário líquido como funcionário público correspondia a cerca de 495 reais. Só de aluguel, com taxas e impostos, eu pagava 315 reais. Devolvia mensalmente 55 reais como dízimo, o que fazia me sobrar em média 125 reais. Como não tínhamos aparelho de TV, assumi um plano de longas prestações na loja Baú da Felicidade, de Silvio Santos. Adquiri o aparelho de treze polegadas com uma dívida de 36 mensalidades. O restante dava para sobreviver. Mas nada de gasto extra em nosso novo lar. Vivíamos pela fé, mas no limite.

Cinco meses se passaram em um apartamento alugado no bairro do Catumbi, no Rio, até que o esgoto do edifício transbordou, bem em frente ao nosso quarto. Continuar morando ali se tornou inviável. A sujeira espalhou baratas por todos os lados. E eu tenho horror a baratas – repulsão descoberta pela minha mulher na semana da lua de mel, quando uma delas, voadora, invadiu o nosso quarto. Ester é quem foi obrigada a matar o inseto. Eu enfrento o diabo, mas não enfrento uma barata.

Não houve outra saída. Assim que descobrimos o esgoto aberto, imediatamente fomos forçados a morar com os pais de Ester no Jardim América, ainda no Rio. Dormíamos no antigo quarto dela, em duas camas de solteiro. Ester teve de abrir mão de seus móveis novos, comprados com tanta dificuldade. O pai dela tinha uma loja de material de construção, e os móveis acabaram depositados em meio a cimento, terra e areia.

Além de tudo, eu me levantava muito cedo para ir até o centro da cidade. Demorava uma hora e meia de ônibus até o trabalho. Passamos cinco meses nesse sufoco. Uma lembrança dolorosa. Não porque tínhamos perdido nossa liberdade, mas porque o Jardim América era infestado de pernilongos robustos que não nos davam um minuto de sossego. Dia e noite faziam da nossa vida de recém-casados um verdadeiro pedaço do inferno.

Suportamos o inferno daqueles pernilongos por quase quatro meses e então mudamos para o bairro do Grajaú, também no Rio. Com as economias geradas por morar na casa do meu sogro, conseguimos dar entrada na compra de um fusca zero. Mas isto teve um preço. Ester foi forçada a arrumar um emprego com o tio para ajudar a pagar as novas contas da casa.

A vida financeira parecia melhorar, até que, um ano depois, ela engravidou de Cristiane, nossa primeira filha. Mesmo gestante, continuou trabalhando. Quando a menina já estava com dois meses, voltou ao batente. Deixava a filha aos cuidados da avó materna pela manhã e só voltava a vê-la à noite, depois do expediente.

Em meio a tantos percalços, após cinco meses engravidou pela segunda vez. Agora, de Viviane. Foi uma aflição. Não poderíamos ter outro filho de jeito nenhum. Quando recebi a notícia, bateu o desespero. Jamais pela alegria de ter uma segunda filha, mas por enfrentar o aperto econômico pelo aumento das despesas, principalmente devido às necessidades médicas do tratamento de Viviane.

Dentro de casa, tudo era contado. O que ganhava mal dava para cobrir o aluguel, as prestações do carro e as despesas do lar. O sufoco financeiro gerou situações constrangedoras e irônicas.

Desde solteira, Ester sempre comentava que adorava os camarões grelhados dos restaurantes da Barra da Tijuca, no Rio. Ela tinha experimentado o prato uma vez com seu irmão e nunca mais havia esquecido.

Recém-casado, sem conhecer as grifes gastronômicas daquele tempo, convidei Ester para jantar camarões grelhados em um antigo restaurante tradicional da famosa Loja Mesbla, no bairro de Botafogo. Era um local bem requintado, extremamente badalado à época, com um dos cardápios mais caros da cidade. Minha promessa de realizar a vontade da minha nova esposa, enfim, iria se cumprir.

Ao abrirem as portas do elevador, na cobertura do prédio, de pronto a imagem me roubou o fôlego. Pratos e talheres de cristal, lustres luxuosos, decoração refinada. Os garçons, bem-apresentados, logo vieram nos receber na porta e nos conduzir educadamente até a mesa.

Quando sentei, tive uma lembrança apavorante: eu tinha, equivalente à moeda daquela época, apenas vinte reais no bolso!

Jovem, ainda inexperiente, não fazia ideia dos valores dos restaurantes mais requisitados. Eu estava acostumado aos chamados "restaurantes pés-sujos". Lembrei também que não tinha cartões de crédito nem talão de cheque. Passei a mão em volta da cabeça e disse baixinho para Ester:

— Estou perdido. Isso aqui deve ser uma nota!

O garçom se aproximou com o cardápio em mãos. Olhamos as opções enquanto eu comecei a suar frio de tanto sufoco.

— Minha esposa deseja comer camarão grelhado — disse para o elegante funcionário.

Ele pediu licença para verificar o pedido e se retirou. Naquele tempo, este tipo de fruto do mar era um prato ainda mais caro. Foram minutos de tensão. Ao retornar, a resposta fatídica:

— Sinto muito, senhor. Não temos camarões grelhados.

Olhei para Ester, larguei o cardápio e agradeci ao garçom:

— Puxa, que pena. Nós queremos comer apenas camarão grelhado. Muito obrigado.

E saímos do restaurante na mesma hora. Aliviados.

Voltamos para casa aquele dia, no Jardim América, sem jantar e até rindo de toda a situação embaraçosa.

Mesmo assim, com toda essa dificuldade, nossa vida afetiva ia bem. Não faltavam carinho e atenção entre nós. Ester bravamente resistiu a todos esses períodos de turbulência financeira, sem nunca reclamar de nada. Nosso casamento estava iluminado pelo Espírito de Deus.

A chegada de Viviane, ao contrário do que muitos imaginavam, selou de vez a nossa união. Ester e eu aprendemos a depender mais um do outro. Exatamente como acontece no relacionamento com Deus. As tribulações operam na prática da fé e do amor e estreitam a comunhão com Ele. Esse é o segredo para vencer as dificuldades no decorrer da vida a dois.

Ensino aos solteiros que o casamento não pode ser feito na base da paixão. Não podemos seguir o coração, ignorando o raciocínio. Casar não exige apenas amor, mas, acima de tudo, convicção, certeza de que a escolha é certa, de acordo com as orientações bíblicas. Se a pessoa não acredita que o casamento vai dar certo, é melhor não se casar. Mesmo que goste do outro. O mau casamento transforma a vida de qualquer um em um inferno.

Ester e eu, como qualquer casal em início de relacionamento, também vivemos momentos de dificuldade, mas nunca demos espaço para a dúvida corroer nossa união. Um dia, em meio a uma discussão, Ester se virou para mim e disse:

— Olha, Edir, você é muito teimoso. Você é assim, assim e assim etc. E se você continuar desse jeito a gente vai se separar.

Eu interrompi na hora e contestei Ester, com veemência:

— Nunca mais fale essa palavra, por favor! Aqui em casa essa palavra é proibida. Aqui não existe isso.

Cortei a dúvida na hora porque cria, creio e sempre crerei na imortalidade do amor. É a fé. Trata-se de usar a convicção inteligente, a certeza absoluta para que a união permaneça e se perpetue. O verdadeiro amor jamais acaba. Não existe fim para este tipo de sentimento genuíno. A experiência nos mostra que, quando o amor existe de fato, o momento de conflito e tensão torna-se um aprendizado para conhecer o companheiro mais a fundo.

Como poderia saber quem Ester é para valer se eu não a conhecesse aborrecida? Como ela me conheceria a fundo se não me visse irado ou chateado? Ela e eu precisamos reagir para mostrar nossa maneira de ser, nosso temperamento, nosso caráter, nossos hábitos e, assim, construir uma relação sólida e inabalável.

Claro que o casal não deve deixar as discussões se transformarem em rotina. Não existe relacionamento capaz de suportar tantas brigas e bate-bocas. Uma das incontáveis virtudes de Ester, e a que eu mais aprecio e aconselho as mulheres a seguir, é a de falar pouco. Desculpe, mas conheço diversas mulheres impossíveis de suportar pelo tanto que abrem a boca.

Pode ser uma mulher de beleza estonteante, mas, se fala de maneira desenfreada e irresponsável, não tem o mesmo valor. A beleza principal não está em sua aparência, mas no seu jeito singelo de ser e se expressar. Eu sou arrojado, por exemplo, e Ester é o oposto. Ela me acalma. É o que eu aprecio nela. Se falasse muito, não daríamos certo.

Ester também não é uma mulher de fazer cobranças ao marido, e isso me agrada muito. Eu também não cobro nada dela. Procuro dar completa e plena liberdade. Para sair de casa – a não ser em caso de uma viagem sozinha, é claro –, não precisa nem falar comigo, mas ela faz questão de me avisar sempre. Nossa relação tem como base a confiança total e irrestrita e isso jamais pode ser violado por nenhuma das duas partes.

Imagino o terror de viver com amantes em um casamento. Quem pode ter paz ou consciência tranquila enganando a pessoa com quem se divide a vida? Como viver em paz com a esposa se tem outra mulher telefonando, ameaçando ou fazendo chantagens? Que terrível! Desculpe, mas eu não sou burro!

O texto bíblico ensina que o efeito da justiça será paz, repouso e segurança para sempre (Isaías 32.17). O casamento é a base da sociedade. E o que a Igreja Universal faz é provar que existe relacionamento feliz e duradouro, sim.

Desejamos resgatar valores tão nobres perdidos em nosso tempo quando o assunto é a vida a dois. Amor, companheirismo, cumplicidade, confiança. O relacionamento de um casal pode ser perfeito. A fidelidade conjugal é uma bandeira da Universal porque é o que ensina a Palavra de Deus. Lutamos para gerar maridos de uma só mulher e esposas de um só homem mesmo em tempos de tamanha banalização de princípios como a lealdade, a sinceridade e o caráter.

Ester e eu projetamos igualmente nosso ideal de casamento: a união de nossas vidas até que a morte nos separe.

Como escapar da traição?

Constituir uma família não é uma missão simples, exige dedicação e sacrifícios. Nenhum ser humano deseja ser solitário. Conquistar um casamento feliz e realizado é o sonho da maioria das pessoas de bem. Sob o aspecto da fé cristã, trata-se do principal investimento possível de ser feito depois da conquista da salvação eterna da alma. O passo mais decisivo do homem e da mulher de Deus após sua conversão sincera. Observe o conselho claro e direto registrado na Bíblia Sagrada: *"Não é bom que o homem esteja só; far-lhe-ei uma auxiliadora que lhe seja idônea"* (Genêsis 2.18).

Ester e eu tínhamos exemplos marcantes de casamentos arruinados em nossas famílias, o que aumentava o temor de assumir um relacionamento fracassado. Ela me conta que costumava orar sempre com essas palavras: "Deus, eu quero que seja feita a Tua vontade. Eu não aceito que aconteça o mesmo que ocorreu na vida da minha tia. Ela foi traída pelo marido e perdeu o casamento. Eu não quero isso pra mim. Senhor, eu não quero isso!".

Ester lembra que orava com sinceridade repetidas vezes com foco nesse mesmo pedido. Desejava que Deus escolhesse o homem certo para ela. Chegava a lutar contra seus próprios sentimentos que a colocavam diante de outro caminho. Ester chegou a ser noiva, mas desistiu da relação ao observar mais de perto o comportamento do então futuro parceiro. Mesmo se nutrisse qualquer sentimento, ela sabia que, caso o parceiro não fosse de Deus, mais tarde a união não daria certo. Seu objetivo sempre foi fazer a vontade de Deus.

Poucos noivos pensam assim nos dias de hoje. Em geral, se preocupam com a cerimônia, o ritual na igreja, o vestido de noiva, os presentes, os cuidados com a casa onde vão morar. Às vezes, o casal fica tão iludido e entusiasmado com os preparativos do casamento que um se esquece de olhar mais atentamente para a conduta do outro.

O coração está engessado pelas emoções em torno do grande dia do matrimônio. A suposta paixão coloca Deus de lado. Ester pedia um homem fiel que a respeitasse como mulher e, ironicamente, foi o erro que acabou descobrindo no então noivo. Na mesma hora, acabou tudo, sem rodeios. O sinal que tanto pediu em oração aconteceu. No meu caso, ainda noivo, bastou uma mera palavra, uma simples palavrinha dita pela minha antiga noiva, graças ao Espírito Santo, para colocar fim a todo meu planejamento de futuro.

É preciso atenção aos detalhes, às mínimas situações do dia a dia, para quem pretende se casar não cometer um erro fatídico. Ester e eu éramos muito jovens, neófitos em nossas convicções, nem sabíamos ao certo a diferença entre sentimento e fé. Não tínhamos ainda essa direção, mas havia temor e sinceridade no relacionamento com Deus e isso nos livrou de decisões desastrosas.

A inteligência associada à certeza no Evangelho é a garantia da escolha do rumo certo. Por vezes, na maioria dos casos, infelizmente, a voz da razão é engolida por um emaranhado de emoções em quem deseja se casar. Os noivos precisam querer ouvir a voz da fé. Como assegurar uma união feliz e duradoura, por exemplo, entre um homem bem mais jovem que a mulher?

A ciência mesmo explica que o homem necessita de mais tempo de idade para alcançar a maturidade, diferentemente das mulheres, capazes de se transformarem em seres humanos mais maduros logo cedo.

Eu já cansei de ver casos de casamentos destruídos por esse motivo. Homens mais jovens em rota de colisão com mulheres da mesma idade ou apenas alguns anos mais velhas. Uma moça de 20 anos, por exemplo, tem a mente de alguém de 25 anos. Um rapaz, de também 20 anos, tem os pensamentos e as atitudes de um adolescente de 15 anos. Quando se casam, a diferença entre a idade deles é de dez anos, no mínimo. Teoricamente, possuem a mesma idade, mas essa diferença prática produz desentendimentos capazes de implodir o relacionamento.

Eu sou mais velho que Ester cinco anos. Quando nos casamos, eu tinha 27 anos e Ester, 22 anos. Mesmo com essa diferença, ainda assim, confesso, agi de maneira infantil durante muito tempo, o que provocou inúmeras discussões à toa entre nós.

Outro ponto de discórdia comum é a diferença cultural. Como dar certo um casamento em que a esposa é formada na universidade e tem pós-graduação com um homem com o segundo grau incompleto? A mulher desenvolveu um nível de capacidade incompatível com o do seu marido.

Como um relacionamento pode ser duradouro e pleno de felicidades se a esposa é uma empresária com remuneração de quarenta ou cinquenta mil reais e o seu companheiro recebe um salário de cinco mil reais? Quem vai aceitar se submeter a quem nessa casa? Você tem alguma dúvida sobre as chances desse casal viver em atritos?

Quantas mulheres de sucesso são infelizes no casamento? O exemplo também vale para o marido. Quantos homens de determinação, cheios de vontade de conquistar e garra para fazer sucesso, estão ao lado de mulheres apagadas, às vezes até preguiçosas ou indolentes, repletas de medo e insegurança?

Não que a condição social ou econômica determinem a felicidade conjugal, em hipótese nenhuma, mas essas incompatibilidades precisam ser pesadas por mera questão de raciocínio. Não existe saída: essas diferenças, certamente, vão provocar desentendimentos e desgastes naturais ao longo dos anos.

Se um dos parceiros ou os dois ainda não tiveram um encontro com Deus, dificilmente vão se suportar. Mesmo se o casal tiver um compromisso com Deus, ainda assim, é praticamente certo que essa relação não se sustentará.

Todos esses aspectos precisam ser analisados com cautela para que as consequências não tomem o casal de surpresa no futuro. A lei da vida é clara: plantamos hoje para colher amanhã. O Espírito Santo não impõe Sua vontade sobre o homem. Ele sugere, dá direção e inspiração, mas quem executa somos nós.

Não adianta dizer: "Eu tenho o Espírito Santo, meu noivo ou noiva têm o Espírito Santo, então vamos nos casar". Não é assim. Pode ser um tiro nos próprios pés. A inteligência precisa pesar se a decisão, de fato, é a mais correta. Para ser feliz no amor, cada um precisa encontrar sua outra metade o máximo possível compatível.

É simples compreender: tudo na vida requer ordem. No reino de Deus, também é assim. Tudo o que Deus criou tem uma disciplina rigorosamente seguida. O sol, a lua, as estrelas, os planetas, tudo gira de acordo com uma ordem, uma lei fixada por Deus. O casamento segue uma ordem, uma lei, também determinada por Deus. É como a planta, você semeia a semente na terra, vem a chuva, o sol e tudo coopera para que ela cresça, se desenvolva e multiplique. O casamento é assim: é um investimento.

Apesar de muito jovens, Ester e eu usamos a inteligência. Um procurou saber mais informações da vida do outro e acima de tudo: procuramos saber a vontade de Deus. Sobretudo a vontade de Deus. Eu investiguei o histórico de Ester para saber quem eram os pais dela. Eram membros da Igreja, casados e fiéis a Deus. Fiz uma espécie de sindicância antes de dar meu primeiro passo.

Eu posso falar de família e casamento porque nós temos família e vivemos em família. Em 2015, vamos completar 44 anos de vida em comum. Uma união sólida e pontuada de momentos maravilhosos. Tivemos certas dificuldades no início, claro, nada foi um mar de rosas sempre. Nossas infantilidades, ajuste de temperamentos, interferência da família, mas, depois que amadurecemos, nosso relacionamento passou a fluir naturalmente.

Considero o casamento como duas batatas. Você cozinha duas batatas, depois amassa as batatas e coloca leite. O leite é o amor, o Espírito Santo, o Espírito do amor. Torna-se um purê. Ora, quando há isso não tem como dar errado. Só tem um problema: só se vier família.

Sogra, sogro, irmãos, parentes que começam a querer se envolver, se meter no relacionamento, isso gera confusão. Nos primeiros anos de casamento, nós tivemos problemas semelhantes. Parentes, não só da minha parte, mas da parte dela também. Para esse purê dar certo, não pode colocar outro ingrediente senão deixa de ser purê.

Nós tivemos dificuldades de relacionamento nos primeiros quatro anos. Tivemos de nos adaptar um ao outro. Com o passar do tempo, compreendi que somos duas cabeças diferentes, ainda que tenhamos a mesma fé, no mesmo Deus.

Eu não posso impor para ela o meu gosto, mas também não quero que ela imponha o dela para mim. Se eu quero ser respeitado, eu tenho de respeitar. Isso é justo. Você tem o seu território e eu tenho o meu. Não entra no meu território e eu não entro no seu território. Faço isso com zelo e afeto profundo.

Isso que é o amor. O amor verdadeiro não é a paixão. Amor é você considerar o que é justo. Eu respeito a vontade da Ester, e ela respeita a minha. Assim, a gente vai viver bem para o resto da vida. Essa é a base: respeito mútuo. Uma das coisas que eu preservo chama-se liberdade. Ela confia em mim, eu confio nela, pronto acabou.

Pense: o que é a cruz? Qual é a formação da cruz? Ela tem a haste vertical, que simboliza o relacionamento do ser humano com Deus. A criatura com o Criador. Essa é a haste principal. Se há esse relacionamento assumido, se há essa fé racional assumida, com base na madeira da cruz, nós formamos os braços da cruz. Os braços da cruz são o segundo grande mandamento: amai o próximo como a ti mesmo. Eu tenho de escolher o mesmo material da cruz, o mesmo componente que me une a Deus, que se chama fé inteligente, e formar o meu casamento com a pessoa que vai formar a cruz. Se há esse relacionamento espiritual, há o relacionamento moral com respeito à fidelidade, à lealdade, ao companheirismo, à cumplicidade, à compreensão, ao sacrifício um pelo outro.

Eu me sacrifico por conta dela e ela se sacrifica por minha causa. Com esses valores espirituais e morais, nós conservamos a nossa cruz intacta. Esse é o segredo para o casamento. Quando subimos ao altar juntos, eu não me casei só com o corpo da Ester. Eu me casei de corpo, alma e espírito. Cada parte de mim casou com cada parte da trindade dela. Corpo com corpo, alma com alma, espírito com espírito. Isso é fundamental para o nosso relacionamento. Ela me faz bem quando a deixo em liberdade e eu faço bem a ela quando ajo da mesma maneira.

Mesmo com essa liberdade, vivemos hoje colados 24 horas por dia, 365 dias por ano. Ainda mais depois que nossas filhas se casaram, ficamos mais grudados o tempo inteiro. Eu nem preciso de celular, porque quando toca o da Ester você pode falar comigo. Se tocar o meu, você vai falar com ela. Quando ela sai, eu sinto falta. Eu quero que ela fique ali, perto de mim. Não precisa falar nada, fazer nada, apenas fique perto de mim.

Posso dizer que eu dependo dela como dependo de Deus. A gente só se separa quando ela vai ao mercado fazer compras, por exemplo. Como meus pais diziam: você quer conhecer uma pessoa, "crie galinha junto". E nós estamos criando galinhas juntos há muito tempo, há exatos 42 anos.

Sonho jovem I

Algumas notícias me surpreendem quando eu menos espero. Em setembro de 2012, publiquei no meu blog o primeiro casamento de chineses convertidos na Igreja Universal de Angola, na África. Isso mesmo. Depois da guerra civil, o país africano precisava de financiamento para se reerguer e esse dinheiro veio dos chineses. Nosso trabalho de evangelização em Angola atende a todo povo, até os asiáticos que residem por lá. Esse é o espírito da Igreja Universal.

Uma situação como essa me alegra profundamente. Principalmente em ver jovens se casando na presença de Deus. Quando eu era solteiro, havia em mim um enorme temor com respeito ao casamento. Tanto é que me casei somente com 27 anos. Eu entendia que, se fizesse um mau casamento, iria colocar a minha fé e a minha salvação em risco. Deus criou o homem e a mulher para que os dois vivam em comunhão. Tinha isso bem claro dentro de mim.

Ester também pensava desta maneira. Ela não aceitava ser usada por um homem qualquer e depois descartada como se fosse um nada. Sempre preservou dentro de si o sonho do casamento ideal, projeto sepultado por grande parte das jovens em nossos dias.

Desde os primórdios da civilização, a mulher se permite ser usada como instrumento de prazer e luxúria do homem. Infelizmente, as exceções têm sido insignificantes. Não fosse assim, o mundo seria outro. O pecado sempre cegou o entendimento do homem e o fez perder a visão do enorme potencial da mulher como sua auxiliar. A mulher não pode ser considerada um objeto. Ao contrário, ela é parte da vida do homem. Sem ela, não há realização masculina completa.

A intensa participação das mulheres no mercado de trabalho, conquistando posições de cada vez mais destaque e ascensão, com salários e cargos em alta, não significou a felicidade sentimental para a maioria delas. Apesar de tanta inteligência e capacidade profissional, a minoria tem sido sábia na construção de um mundo melhor para si. O que se tem visto é um número crescente de mulheres mal-amadas.

Elas conseguem conquistar a tão sonhada independência financeira, o sucesso na carreira, a liberdade, mas continuam infelizes no amor. Têm dinheiro, reconhecimento, posições de destaque, tudo, mas vivem frustradas por romances passageiros e vazios. Não têm o amor puro e sincero de um esposo, pai, amante, companheiro, amigo para compartilhar a alegria do casamento todos os dias que lhe restam neste mundo.

Ester carregava dentro de si a obstinação de encontrar um homem de Deus para dividir a vida. Muito desses ensinamentos foram absorvidos dentro de sua própria casa, nas palavras sempre edificantes de sua mãe, como ela mesma recorda:

— Minha mãe respeitava muito o meu pai. Eu via isso diariamente em casa. Do mesmo jeito, ela me dizia que eu deveria respeitar meu futuro marido. Quando visse os defeitos dele, deveria ser compreensiva e ajudá-lo a superar tais falhas.

Mulher discreta e de poucas palavras, Ester tem muito para ensinar. Suas memórias são um tesouro preservado em segredo durante décadas e que agora vão se tornar um livro surpreendente e cheio de revelações.

Na sequência da trilogia *Nada a perder,* Ester prepara uma obra biográfica em que relata todas as suas experiências espirituais, afetivas e de vida com detalhes jamais conhecidos. Um guia de felicidade para as mulheres em todo o mundo.

Em nossas conversas mais reservadas, ouço atentamente suas reflexões também sobre os caminhos de um relacionamento conjugal feliz:

— Nada é tão igual entre um casal. A minha criação não é parecida com a do Edir. Somos diferentes. Minha mãe já havia me preparado para isso. Eu me casei consciente de que teria de fazer sacrifícios para aceitar os hábitos, o temperamento, o gênio, o gosto de Edir. Hoje em dia, muitos casamentos chegam ao fim justamente porque a mulher e o marido não estão dispostos a fazer sacrifícios em nome do relacionamento. Deus guardou o nosso casamento por isso. Ele viu tanto o meu sacrifício como o do Edir para construir uma união feliz e por toda a vida.

Ester tem razão. Eu também aprendi a abrir mão de determinadas vontades e certo jeito de ser para tentar me transformar em um marido melhor. Minha criação foi diferente. Fui um menino da roça. Nasci na pacata Rio das Flores, no estado do Rio de Janeiro, um pequeno município situado entre os rios Paraíba e Preto, rota para os bandeirantes chegarem até Minas Gerais no período colonial.

No século 19, a região recebeu seus primeiros colonizadores que criaram ali fazendas produtoras de café. Depois da abolição, a carência de mão de obra mudou os rumos econômicos, e o município passou a viver da pecuária. Foi nessa cidade bucólica, de vida simples, que eu cheguei ao mundo no dia 18 de fevereiro de 1945.

Fui o quarto filho de Henrique Bezerra e Eugênia de Macedo Bezerra, dona Geninha, como era carinhosamente conhecida. Na noite em que nasci, a cidade estremeceu com um estrondo. Um barulho terrível que gerou pânico entre os moradores de Rio das Flores. A caldeira de uma cooperativa para produção de leite havia explodido. Era ali, nessa cooperativa, que meu pai trabalhava, perto da fazenda da Forquilha.

O susto fez com que minha mãe entrasse em trabalho de parto. Parto prematuro. Naquele tempo dificilmente uma criança prematura sobreviveria, sem estrutura, sem hospitais, sem incubadora. Minha mãe já estava preparada para o pior. Sentindo fortes dores, uma parteira foi chamada às pressas – nessa época, único socorro para as mulheres que iriam dar à luz. Uma parteira especial, a minha avó materna, dona Crementina Macedo foi acionada.

Nasci, mas nem a experiência de minha avó poderia diminuir a angústia que tomou conta de todos no momento do nascimento. Eu não chorei como acontece quando um bebê nasce. O silêncio cortava o coração de minha mãe. Parecia que eu estava morto. No desespero, minha avó tentava me animar. A esperança estava por um fio quando se ouviu um choro baixinho, fraco. Sinal que estava vivo, que estava bem.

Minha saudosa mãe contava que a paz e a alegria tomaram conta do coração dela, que mal podia acreditar em ter aquele bebê em seus braços. Apesar do susto, nasci saudável, apenas com um pequeno defeito na mão esquerda, uma pequena atrofia no indicador e no polegar. Desde cedo mostrei a minha vontade de viver. Parecia que estava sendo talhado para uma vida de sucessivas e grandes batalhas.

Minha mãe engravidou mais 29 vezes, sendo alguns abortos e outros bebês prematuros. Ao todo foram 33 gestações, apenas sete filhos sobreviveram. Uma guerreira e tanto.

Nossa infância foi modesta. Todos ajudavam os pais, os filhos mais velhos cuidavam dos mais novos. Eris foi a irmã mais velha escalada para auxiliar minha mãe nos cuidados com os irmãos mais novos. Uma tarefa nem sempre simples. Conta que passou por um momento de pânico. Nossa família ainda morava em Rio das Flores em um lugar repleto de árvores. Uma delas, uma limeira, foi plantada perto da janela que dava para o meu quarto. Eu estava dormindo no berço quando uma cobra começou a passear em volta de mim para o desespero de Eris:

— O animal peçonhento entrou sem ninguém perceber. Quando olhei pela janela, tomei um susto enorme. O sibilar da serpente era assustador. A cobra estava a poucos milímetros do berço. Rondou, rondou e, soltando aquele zumbido agudo, deixou o quarto rastejando lentamente sem atacar o bebê. Parecia que estava hipnotizada. Foi um sufoco! Deus livrou Edir de uma tragédia.

O respeito entre meu pai e minha mãe também me chamavam a atenção desde criança. O valor que davam ao casamento era notável na simples convivência do dia a dia. Entrei na adolescência e na juventude com esses valores enraizados, embora ainda nem tivesse passado pela experiência mais importante da minha vida: o meu encontro com Deus.

Mesmo sem conhecer o Evangelho, sem compreender a fundo os ensinamentos bíblicos sobre a sagrada união entre homem e mulher, eu já nutria uma reverência pelo valor do casamento seguindo o exemplo dos meus pais dentro de casa.

Mas um sonho pulsava dentro de mim. Eu imaginava dia e noite uma mulher para completar a minha vida. Onde ela estaria?

Sonho jovem II

Fui um adolescente de vida também simples no centro e na zona norte do Rio de Janeiro nos anos 1960. Eu tinha apenas 16 anos quando a minha família se mudou em definitivo para o Rio, para o Morro do Catumbi, na região central da cidade. Lá concluí o ginásio. Ainda vivemos nos bairros da Tijuca e da Glória, onde estudei e trabalhei durante vários anos. Foram anos de dificuldades financeiras.

O tempo era escasso para o lazer. Nas poucas horas vagas, eu me dedicava ao futebol. Quando morava em São Cristóvão, frequentava o Maracanã aos domingos para ver os jogos do Botafogo, meu time de coração. Assisti a várias partidas com Garrincha, Gérson, Carlos Alberto, Nilton Santos, Didi. Eu ia com amigos do armazém em que eu trabalhava. Torcer calorosamente, como nos tempos da juventude, faz parte do meu passado. É como chupar uma bala. É doce, é bom, mas quando acaba já era.

Mas o futebol não era o meu único passatempo. Eu era bastante namorador, tudo de forma bastante ingênua, como era comum naquele tempo, e ainda sem conhecer a Palavra de Deus. Os bailes, os cinemas e os encontros nas praças eram meus passeios prediletos. Aos 18 anos, eu e o meu irmão Celso já tínhamos carteira de habilitação para dirigir. Compramos um jipe azul, ano 1962, pago em trinta meses. Era nele que saíamos para passear.

A deficiência nas mãos nunca foi barreira para tentar exercitar meu papel de galanteador. Apesar da timidez, procurava ter uma conversa envolvente. Cuidadoso com a aparência, dono de farta cabeleira, lisa e comprida, cheguei à maioridade com muitas namoradas. Mas tive minha primeira relação sexual dois anos antes, aos 16, numa farra com os colegas de escola no bairro do Catumbi. Foi num bordel em frente ao colégio em que eu estudava à noite. Nada de que me orgulhe. Foi antes da minha conversão ao Evangelho.

Alguns anos mais tarde, a Palavra de Deus me ensinou que vale a pena o jovem se preservar para o dia do casamento. Minha mente mudou sobre isso, obviamente. O Espírito Santo me revelou a importância da virgindade, da pureza, da inocência na iniciação sexual dos jovens dentro do matrimônio. Casar com a inocência na relação íntima é motivo de bater no peito, sim, e jamais de sentir vergonha.

Os jovens devem lutar por isso, inclusive os homens. Macho de verdade é o que se mantém firme e inabalável no propósito de se separar do tsunami de imoralismo deste mundo.

Eu bato palmas para esses jovens que se preservam e vencem suas próprias vontades para se manter próximos de Deus. Por isso, faço questão de apoiar e acompanhar pessoalmente o trabalho de assistência espiritual à juventude na Igreja Universal em todo o planeta.

O nosso "Força Jovem" é um celeiro de homens e mulheres de Deus em todos os países onde atua. Contribui para firmar garotos e garotas nos passos do Evangelho, sem se deixar iludir pelo colorido e fascínio do mundo atual. Uma das missões desse grupo é conscientizar nossos jovens sobre o valor do casamento nos dias de hoje e estimular em cada um deles a vontade de batalhar por uma união conjugal feliz e estável.

Entendo que o segredo para esse trabalho seja mergulhar na mentalidade do jovem, falar de igual para igual, provocando uma mudança radical em seus conceitos e valores. Quase a totalidade deles chega à Igreja vacinada contra a fé cristã. Para eles, igreja evangélica é sinônimo de infinitas regras, proibições e de uma vida completamente careta. Eu mesmo fui assim.

Tinha um humor ácido para criticar os crentes quando vivia no Rio de Janeiro. Eu me divertia com esse tipo de ironia. Aos poucos, nasce naturalmente o interesse em conhecer o Senhor Jesus por simplesmente entender que a fé produz liberdade e um sentido novo para a vida, algo tão profundo e verdadeiro capaz de abrir horizontes até então desconhecidos. É o novo nascimento.

Você já deve ter visto ou ouvido falar no fervoroso trabalho de recuperação social encampado por esses jovens. É comum encontrar integrantes uniformizados com a camiseta "Força Jovem Universal" em comunidades carentes, oferecendo ajuda a outros jovens reféns da criminalidade e das drogas.

Eu nunca me envolvi com nenhum tipo de vício, fumei cigarro apenas três vezes na vida, não sei o que é maconha, cocaína ou crack, nunca vi nada disso na minha frente, mas imagino o drama devastador que isso representa em uma família. Hoje o "Força Jovem" reúne milhões de adolescentes, jovens e já adultos recuperados pelo poder da fé. Qual o preço disso? Quanto isso vale para as nossas autoridades e governantes?

Por esse motivo, procuro estar sempre atento à força da juventude. O potencial e o vigor deles também são imprescindíveis para prosseguir o trabalho evangelístico feito por nossos pastores mundo afora com o intuito de resgatar homens e mulheres do cativeiro de perdição e de dor imposto pelo mal.

Nos primeiros anos logo após a fundação da Universal, eu fazia esse trabalho pessoalmente. Passava horas dialogando com os mais jovens em busca de novos pregadores da Palavra de Deus e, sobretudo, pelo zelo com a alma de cada um deles. Foram inúmeros casos. Um deles, o atual vice-presidente executivo da Rede Record, Marcus Vinicius Vieira, filho do ex-deputado federal Laprovita Vieira, personagem central na época da compra da emissora, se recorda desses momentos até hoje:

— O bispo Macedo me chamava para conversar e, de forma direta e simples, me explicava muito sobre a importância da vida espiritual para um homem. Eu era apenas um menino começando a viver, sem experiência, sem rumo. A maneira como ele conversava comigo me deixava à vontade para tirar dúvidas e querer saber mais sobre a fé, o que me ajudou a caminhar com Deus. O bispo nunca impôs nada. Sequer me perguntava se eu iria ou tinha deixado de ir para a Igreja. Ele apenas falava da fé e do que podemos conquistar quando temos Deus no coração.

Sempre foi assim a formação de discípulos desde o início na Universal. Como eu, quase todos os pastores e bispos acabaram recrutados ainda jovens para a missão de ajudar ao próximo. E renunciaram os anos de juventude por uma causa tão nobre: salvar almas do inferno.

Quando acolhemos os jovens na Igreja, logo percebemos o que pensam e o que desejam para si. Eles chegam com visão clara, por exemplo, de que o casamento é sinônimo de fracasso. A mentalidade das novas gerações sobre a vida a dois é a de que o matrimônio não passa de uma instituição completamente falida e ultrapassada. A maioria não consegue enxergar a riqueza dos significados de um casamento. Os jovens estão perdidos em aventuras e desventuras amorosas. Muitos se encontram caídos, vazios, prostrados e estão se entregando a todas as ondas de modismos.

A juventude atual não pensa mais em casamento como um grande investimento, como eu sempre pensei desde a minha adolescência. É claro que essa união conjugal precisa ser feita de acordo com a vontade de Deus para dar certo e render frutos abençoados; caso contrário, o que é ruim pode ficar ainda pior.

É o que eu pensava para mim nos meus primeiros anos de Igreja: conquistar uma mulher de Deus para me auxiliar na pregação do Evangelho mundo afora. Meu maior sonho de pregar a Palavra de Deus como pastor somente seria completo se tivesse ao meu lado uma mulher enviada pelo Espírito Santo. Eu trabalhava muito nesta época, mas sem nunca perder de vista esse foco.

Aos 25 anos, ainda solteiro, cheguei a acumular dois empregos: na Loteria do Estado do Rio, a Loterj, e no Instituto Brasileiro de Geografia e Estatística, o IBGE. Lá, trabalhei como pesquisador no censo econômico de 1970. Foi um tempo difícil, em que até dei aulas particulares para ajudar a aumentar meus ganhos.

Trabalhava das sete da manhã ao meio-dia no IBGE. Comia em marmita. Às 13 horas entrava na Loteria e ficava lá a tarde toda trabalhando. Depois seguia para dar aula de matemática e, finalmente, às sete da noite, começava na Escola de Estatística. Chegava em casa por volta de meia-noite. Era uma rotina muito austera.

Nesse período, o encontro pessoal com o Senhor Jesus já amadurecia em meu intelecto os primeiros sinais de uma nova forma de ver a vida. Minha maneira de pensar e agir havia se modificado pouco a pouco. Fui crescendo no exercício da fé aprendendo um passo de cada vez. Nessa trajetória, lutando por uma definição na minha vida sentimental, sofri com a solidão de solteiro e com algumas tentativas de encontrar minha cara-metade.

Eu namorava uma garota de quem eu gostava muito, mas que não aceitou as mudanças que começaram a acontecer comigo após minha conversão. Ela achava a Igreja careta, os compromissos de cristão um desperdício para jovens da nossa idade. O ideal de vida dela era aproveitar os prazeres do mundo, ser livre para curtir seus sonhos da maneira e com a intensidade que imaginava.

Nosso relacionamento de dois anos foi rompido por iniciativa dela. Eu era muito apaixonado. Vivíamos sem nenhuma regra antes da minha conversão, como se fôssemos casados, e isso fez ela enjoar da nossa relação amorosa. Eu também tinha minhas indefinições. Desejava que ela me acompanhasse na igreja, mas isso nunca aconteceu.

Eu era tão apaixonado que cheguei ao ponto de orar a Deus com certo desrespeito e infantilidade:

— Deus, se o Senhor ama a Jesus, traga ela de volta para mim.

Eu apelei em vão. Concluí que fui enganado pelas paixões do meu coração, quando deixei de tomar atitudes à luz da fé inteligente.

Era por conta desse envolvimento afetivo errado que eu não me firmava em Deus. Fiquei deprimido, inconsolável, sofri muito, e me apeguei ainda mais à fé. Impulsionado pela decepção e pela amargura do abandono, reuni condições de ter um encontro com o meu Deus.

Durante a minha juventude em busca de um casamento realizado, também sofri com os deboches de quem não compreende o que significa viver pela certeza nas promessas de Deus. Minha mudança de comportamento foi notada por todos ao meu redor e gerou situações constrangedoras. No trabalho na Loterj, ao contar que tinha me tornado cristão de fato, era rotineiramente alvo de piadas e provocações. Os colegas do departamento, por exemplo, tentavam me incitar ao mostrar fotos de revistas masculinas.

Certo dia, uma funcionária escancarou na minha mesa o pôster de uma mulher nua.

— Olhe, Edir! Se você for homem de verdade, dê apenas uma olhadinha. Você não é homem, Edir? — dizia, em meio à gargalhada geral.

Passada a situação, eu me trancava no banheiro para orar. Chorei muito no banheiro da Loterj.

Nas minhas orações para Deus, o mesmo pedido se repetia: eu necessitava encontrar minha auxiliar, a mulher que o Espírito Santo tinha preparado para me preencher. Compreendia claramente que para encontrar a felicidade eu necessitaria priorizar dois passos: primeiro a fé e, em segundo, o casamento.

Os próprios ensinamentos bíblicos são claros sobre essa diretriz. A fé está relacionada ao primeiro mandamento da lei de Deus: *"Amarás o Senhor, teu Deus, de todo o teu coração, de toda a tua alma, de todas as tuas forças e de todo o teu entendimento"* (Lucas 10.27). Já o casamento está relacionado ao segundo mandamento da lei de Deus: *"Amarás o teu próximo como a ti mesmo"* (Lucas 10.27). A fé é a parte principal da cruz: a haste vertical do relacionamento com Deus e o casamento é a segunda parte da cruz, a haste horizontal que está associada ao relacionamento com a pessoa amada.

O casamento, portanto, é algo sublime e de suprema importância. Se o matrimônio não estiver bem alicerçado, segundo a Palavra de Deus, o casal pode até perder a salvação. Eu sempre tive essa certeza. Um relacionamento precisa estar baseado na fé sobrenatural, não no sentimento. Porque o sentimento é enganoso, tem que haver a certeza no corpo, na alma e no espírito. Se você sustenta um relacionamento na base do espírito, que é a fé sobrenatural, haverá amor e, por consequência, um entrosamento perfeito entre o casal.

O mundo está cheio de homens e mulheres infelizes na vida afetiva, apesar de muitos terem o mundo a seus pés, porque fundamentaram seus relacionamentos apenas no sentimento. Eles não se entendem, foram feitos um para o outro, mas não conseguem se completar. Não há a mínima chance de felicidade sem a perfeita harmonia entre marido e mulher, a cabeça e o corpo. Cada um tem um papel bem definido. A cabeça, o homem, não pode dar nem um passo sem o corpo, a mulher. O corpo, por sua vez, não tem vida sem a cabeça.

Deus é magnífico na Sua criação. Ele fez o homem e a mulher para viverem em comunhão e perfeita harmonia.

Obrigatoriamente, um depende do outro. Não tem jeito. Se há desordem nesse relacionamento, a consequência inevitável é a infelicidade. A mulher não recebeu autoridade do homem para liderar o lar nem o homem recebeu a capacidade da mulher para edificar a casa. Cada um tem seu papel importante na construção de um casamento perfeito e feliz.

Outro ponto de atenção que noto ao longo da minha trajetória é que muitos desanimam na fé quando se juntam com pessoas que não possuem as mesmas convicções espirituais. Já atendi como pastor várias situações de recém-casados em forte crise conjugal após passarem a dividir a rotina. Quer dizer, quando termina a lua de mel, também termina o convívio pacífico e harmonioso, porque é exatamente neste momento que os valores espirituais entram em evidência.

Se um tem o Espírito de Deus e o outro não tem, os problemas serão inevitáveis. Se um é água e o outro é óleo, se um anda nas trevas e o outro na Luz, a confusão está formada. Sem compatibilidade e união de fé, torna-se difícil manter esse relacionamento. Se um quer ir à Igreja e o outro não, haverá divisão, separação. Uma casa dividida não subsiste.

Para um casamento dar certo, é necessário que os dois tenham o mesmo objetivo de vida. Se a Ester tivesse uma fé diferente da minha, nossa convivência seria impraticável. Imagine quando eu me retirasse para a oração? Ela seria excluída? Certamente, haveria divisão dentro de casa. Existindo a mesma fé, há respeito mútuo e afinidade de pensamentos.

Ester e eu oramos sempre juntos há mais de quarenta anos, unidos nos mesmos objetivos e propósitos. Muitas situações excepcionais já aconteceram por meio da força da união das nossas orações. O Céu se abre para um casal em oração.

Peso da cama

Não é possível falar em casamento sem falar de sexo. Compreendi isso desde cedo nos meus primeiros passos no caminho da fé. É o que a Bíblia ensina claramente. Sexo é uma dádiva e é o pilar do casamento.

A experiência também me mostrou que uma vida sexual feliz começa antes da cama. O diálogo nos momentos mais simples da vida ajuda a manter a relação feliz e cheia de fogo. A convivência é uma peça essencial do bem-estar de um relacionamento. Hoje, pagamos um preço alto com tanta tecnologia à nossa disposição. A perda do contato mais próximo, olho no olho, nos relacionamentos é o primeiro sintoma da vida moderna.

O que o uso desequilibrado da televisão e do computador, por exemplo, fazem com a arte de conversar é um mal tremendo para a vida a dois. Eles estereotiparam a comunicação e congelaram os relacionamentos, da mesma forma que os restaurantes de refeições rápidas ou pratos congelados devastaram a santidade das refeições familiares. Já não vivemos mais a essência das coisas. Já não vivemos com intensidade a troca de afeto, o carinho de segurar nas mãos da companheira ou um afetuoso e singelo beijo de bom-dia ou boa-noite.

Ester e eu usamos das mídias sociais e da internet como ferramenta de comunicação eficiente e instrumento de evangelização, claro, mas não permitimos que isso engula nossa intimidade. Buscamos preservar os hábitos mais ingênuos e puros da relação de um casal, como um elogio ou uma apaixonada troca de olhares.

Na cama, o sexo é para ter prazer. Deus criou este tipo de prazer para o ser humano, que é uma coisa simples, limpa e que leva o homem e a mulher às nuvens a partir do momento que o casal se entrega e se conhece. Ele nos fez com plenas condições de ter uma relação sexual saudável. Deus não mostrou uma revista pornográfica para Adão e Eva, nem mostrou a eles um *sex shop*, nada disso, Deus os criou e os deixou lá para se descobrirem.

A cama é a base de uma aliança no altar. Não são os filhos, o dinheiro nem o carinho. Se um não der o que o outro precisa, não tem jeito. É uma necessidade humana, é como comer e beber. O marido deve ser o amante completo da esposa, e vice-versa. Sexo não foi criado pelo diabo, mas por Deus. É

O exato momento em que caminho em direção ao Altar para selar o casamento com Ester, há 42 anos: o sorriso não saía do meu rosto.

A cerimônia e a festa do meu casamento foram momentos inesquecíveis para mim. Nossa união, firmada em dezembro de 1971, se estreitou nas fases de dificuldade e de alegria. O meu amor por Ester se fortaleceu ao longo do tempo.

Com as meninas, Cristiane e Viviane, no caminho rumo a subida do Monte Sinai, no Egito. Nossa família, um bem sagrado que colocamos diante de Deus, registrada em situações de intimidade.

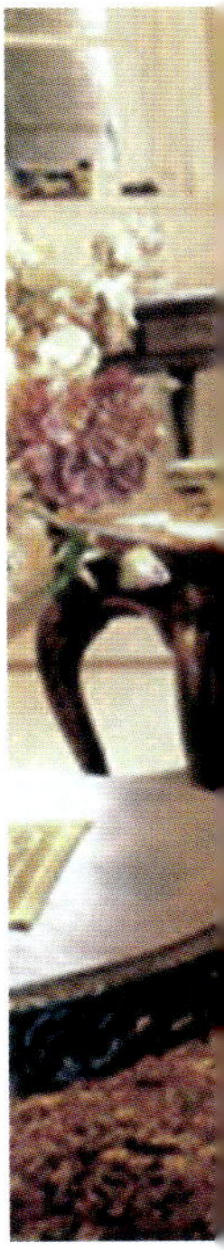

Não existem palavras suficientes para agradecer o tamanho da atenção e do cuidado que meus genros têm por minhas filhas. As duas são parte de mim.

Quando a família
está reunida,
aproveitamos
ao máximo
cada minuto.
Relembramos o
passado, damos
boas risadas e
reconhecemos o
que Deus realizou
em nossas vidas.

O casamento de Cristiane e Renato marcou minha vida. Antes de entregar minha filha mais velha, dei um abraço apertado nela, sem querer largar. As lágrimas foram inevitáveis.

Outro momento tocante foi realizar o casamento de Viviane e Júlio. Na hora da oração, chorei e disse: "Meu Deus, quando ela estiver passando por momentos difíceis, lembra desta oração".

Quando vi Ester pela primeira vez, tive certeza absoluta que iria me casar com ela. Em oito meses namoramos, noivamos e casamos. E não nos desgrudamos por motivo algum há mais de quatro décadas.

O casamento é a base da sociedade. E o que a Igreja Universal faz é se empenhar para provar que existe relacionamento feliz e duradouro, sim.

Ester, o meu primeiro amor, uma aliança perfeita. Do dia do casamento em diante somos um só.

o momento de aliviar as tensões. Quando faço sexo, mantenho minha vida espiritual mais forte.

O sexo nos fortalece, nos une, nos renova. O corpo do marido pertence à esposa e o corpo da mulher pertence ao homem. O apóstolo Paulo fala em I Coríntios: "*Não vos priveis um ao outro, salvo por mútuo consentimento, por algum tempo, para dedicardes a oração, e novamente vos ajuntardes para que satanás não vos tentes por causa da incontinência*".

Um pertence ao outro, portanto, jamais a esposa deve negar o relacionamento com o marido, ou vice-versa, para não correr o risco de contrariar a Palavra de Deus. Assim como não devemos privar nosso marido ou esposa, nós também devemos honrar as nossas responsabilidades. E o que pode entre quatro paredes? Até onde vão os limites de um casal? A Bíblia fala que, aos casados, o ato sexual só é abominável quando ele é contrário à natureza.

Existe um termômetro valioso chamado lei da boa consciência. Quando a consciência lateja, dá sinais de alguma coisa errada, é porque, de fato, há algo errado. A Bíblia não apresenta nenhum manual de conduta do ato sexual, nenhum autor sagrado chegou ao ponto de escrever como e o que fazer. Por quê? Eu creio que o Espírito Santo dá liberdade para cada homem e mulher encontrar o caminho da sua felicidade. Quando o Espírito Santo vem, Ele nos dá liberdade e a nossa consciência sintonizada com Deus nos torna livres para ter um ato conjugal livre.

A boa consciência deve ser o juiz entre o casal para que o prazer seja completo e irretocável. Para o cristão, tudo é perfeitamente justo, desde que não agrida sua consciência. Eu preciso separar o que é bom do que é ruim. Quem julga isso é cada indivíduo. Não é o pastor, a igreja, ninguém. Apenas a pessoa.

O sexo é tão importante dentro de um relacionamento conjugal que já acompanhei, ao longo da minha trajetória como pregador do Evangelho, incontáveis casos de casais teoricamente perfeitos, praticamente nascidos um para o outro, mas que viviam infelizes e frustrados devido à falta de sintonia na cama.

A intimidade entre marido e mulher, como tudo na vida, segue uma ordem com princípio, meio e fim. O ato conjugal exige preparação. Normalmente, o homem já está pronto uma ou duas horas antes, enquanto a mulher demora mais, por conta da natureza. As mulheres precisam ser estimuladas, explica a própria medicina. As carícias e os beijos, como estímulos para o ato sexual, não representam nada de pecado. Essa é a frustração de muitas mulheres. Na hora delas, muitas ficam chupando o dedo, o que provoca uma inevitável infelicidade e até uma sensação de falta de amor.

O ato conjugal deve cumprir o papel de unir mais um ao outro, por isso ele é extremamente sagrado. Sou a favor apenas da relação sexual dentro do sagrado matrimônio. Não apoiamos o sexo antes do casamento, seguindo os ensinamentos da Bíblia. Assim como condenamos o adultério, o homossexualismo e todo o tipo de relação sexual ilícita. Na relação conjugal, o ato íntimo é santo.

Como sempre reforço durante os meus cultos, eu não condeno o homossexual. Nós não condenamos absolutamente nada, nem ninguém. Eu acredito na Bíblia, e ela é contra a prática do homossexualismo. Simples assim. Sou contrário à relação homossexual e não aos homossexuais. Respeito o ser humano.

Eu prego a Palavra de Deus, mas é cada um que decide o caminho a seguir. Eu respeito o direito de escolha, mesmo se a pessoa desejar se relacionar com um ou vários parceiros do mesmo sexo. É isso que eu ensino para os pastores da Universal pregarem ao povo. Deus nos deu o livre-arbítrio. Ele deixou a estrada do bem e a estrada do mal. Cada um deve decidir por si próprio. Quem segue a estrada do bem não pode criticar o que segue a estrada do mal, e vice-versa. Não sou ninguém para criticar os gays. Ao apontar um dedo para alguém, tenho quatro apontados para mim, mas tenho direito de defender a minha opinião em nome da defesa da fé que vivo.

Quem quiser ser salvo, quem quiser andar com Deus tem de andar na justiça. Eu falo o que está escrito na Bíblia. Cabe a cada um escolher, tomar a sua decisão. Você quer o Reino de Deus, então cabe a você largar o que é corrupto e injusto. Se você não acredita no Reino de Deus e acha que deve viver a vida assim, então, tudo bem. O problema é seu. Eu não vou tentar convencê-lo a ter um caráter cristão.

O matrimônio é fundamental no relacionamento humano. Ele simboliza a aliança eterna com Deus. Eu prezo meu relacionamento conjugal. Ester e eu somos casados há mais de quatro décadas e nós não enjoamos um do outro. Não precisamos de novidades, temos muito prazer entre nós. Não vivemos a mesmice. Muito pelo contrário, somos iguais a certos tipos de vinho. Quanto mais velho, melhor.

Pastor, não criminoso

Nas casas onde moramos, nos escritórios e nos apartamentos das igrejas, os mesmos objetos de decoração embelezam os ambientes: porta-retratos e quadros com fotos e mais fotos do álbum particular da nossa família. Este doce e singelo hábito de Ester representa uma minúscula prova do valor que damos para um bem sagrado diante de Deus: a família.

É impossível ser feliz sozinho. Isso é fato, como já ressaltei. Começar uma família também não é fácil. Mas é preciso lembrar que a família foi a primeira instituição criada por Deus. Ele não criou primeiro as leis e os mandamentos para depois criar o ser humano. Antes, Deus criou a família. O primeiro homem teve total consciência do que aquele ato representava para a sua vida: *"E disse o homem: Esta, afinal, é osso dos meus ossos e carne da minha carne (...). Por isso, deixa o homem pai e mãe e se une à sua mulher, tornando-se os dois uma só carne"* (Gênesis 2.23,24).

Só com essa consciência do valor da família, o homem e a mulher poderiam gerar um reino na Terra. Como símbolo da Trindade Divina – Deus-Pai, Deus-Filho e Deus-Espírito Santo –, a família é composta também de uma trindade: o homem, a mulher e o espírito de amor que os une.

Dos tempos do nascimento da Universal, no velho e sujo coreto aos dias de hoje, as mesmas perguntas me perseguem nestas décadas em que me dedico a levar as pessoas a uma mudança de vida por meio do Evangelho: afinal, qual o segredo para ter uma família unida e feliz? Como faço para acertar na criação dos meus filhos? Qual a fórmula eficaz de garantir um futuro cheio de paz e realizações para meus filhos? Qual a melhor herança que posso deixar para o meu lar?

As respostas afunilam para uma palavra simples: exemplo. A melhor educação é dar exemplo. É agir como Deus: ao chegar a uma fase de mais idade, quando os problemas de comportamento começam a surgir, se é que surgem, o segredo é deixar os filhos absolutamente livres. Deixá-los escolher o que quiserem, o caminho que desejarem seguir. Os pais têm a obrigação de ensinar, mas não podem obrigar os filhos a seguir a trilha do bem.

Quando estiverem diante de grandes dificuldades e quiserem ajuda, aí sim é possível ajudar. É difícil? Sim, terrivelmente doloroso. Mas não há outro caminho. Os pais não podem impor a vontade deles aos filhos. Quanto mais o pai ou a mãe tentam impor sua vontade, pior fica. Na Igreja Universal ensinamos que os filhos precisam ver na atitude dos pais o Deus em que nós cremos.

Ester e eu adotamos isso em nossa casa. Claro que exercitamos a prática da Palavra de Deus com os nossos filhos, na infância deles, exatamente como é orientado nas palavras de Salomão: *"Ensina a criança no caminho em que deve andar, e, ainda quando for velho, não se desviará dele"* (Provérbios 22.6).

Deu certo. Nossos filhos não cresceram rebeldes. Cristiane e Viviane, por exemplo, por vontade própria, optaram em seguir o mesmo caminho dos pais: dedicar a vida à pregação do Evangelho. Isso alegra meu coração porque Ester e eu não criamos nossos filhos para serem profissionais bem-sucedidos ou empresários de sucesso. Ensinamos em casa o significado majestoso de renunciar a própria vida por quem sofre longe de Deus. Não investimos nos estudos delas como meta prioritária na vida. Muitos pais mandam os filhos para se graduar fora do país, e isso não é errado, mas foi uma decisão nossa.

Elas mesmas, por verem o exemplo de entrega dos pais, optaram também por sacrificar as vidas no Altar. Ainda na adolescência delas, lembro-me de perguntar sempre para Cristiane:

— Minha filha, o que você quer ser quando crescer? Qual faculdade e em qual curso deseja se formar?

Como Cristiane, Viviane também era taxativa nas respostas:

— Não queremos. Desejamos ser esposas de pastores e consumir nossa juventude e nosso futuro pela causa a que o senhor se entregou.

— Amém – eu respondia, sucintamente, com o aval discreto de Ester.

O que teoricamente poderia parecer uma loucura, desestimular os próprios filhos a conquistar uma formação acadêmica, era para mim um ato de confiança. Abrir mão de uma provável segurança para o resto da vida era o mais evidente sinal de que acreditávamos que Deus sustentaria nossas filhas. Hoje, as duas são esposas de bispos bem-sucedidos em suas funções na Universal. Por onde quer que estejam, vivem bem e em paz. Graças a Deus.

O que as duas nunca abriram mão foi do sonho de construir um casamento feliz. E isso também aconteceu. Ainda que tivessem toda capacidade intelectual, a formação universitária mais avançada do meio acadêmico, se não tivessem um bom marido, seriam completamente infelizes. Hoje as duas são realizadas no amor porque encontraram sua outra metade, homens de Deus, exatamente como aconteceu comigo e Ester. Considero isso um dos maiores prêmios concedidos por Deus em toda a minha história de vida.

O exemplo de conduta dos pais, portanto, é decisivo para o futuro dos filhos. Eu me recordo de pequenas atitudes de Ester que foram decisivas na formação do caráter das nossas filhas. Lembro que as duas ouviam atentamente a mãe falar sobre minha falta de tempo para estar em casa, devido às óbvias dificuldades do início da Igreja.

— Eu jamais reclamava do Edir na frente delas. Nunca dizia: "Ah, seu pai nunca está em casa. Ele não tem tempo para nós. Ele não liga para a família etc. etc. etc.". Nunca fiz isso. Seria devastador para as meninas e para o nosso lar — afirma Ester.

A sabedoria da esposa é fundamental para manter uma casa de pé e bem-alicerçada. Ester nunca me cobrou nada.

Pelo contrário, eu apenas ouvia palavras de apoio e incentivo.

— Quando ouvia alguma reclamação dos nossos filhos, eu logo elogiava a postura do Edir. Dizia para eles: "Vocês não devem se chatear. Ele está dedicando a vida a ajudar as pessoas. Ele poderia estar em um bar enchendo a cara ou pior, poderia estar fazendo coisas erradas, ser um bandido, praticando atrocidades. Mas não! Ele está gastando a juventude dele para Deus" — conta Ester.

Eu também procurava dar exemplos além da vida sacrificada pelas almas perdidas neste mundo. Todo fim de ano, ensinava meus filhos a escolher e doar pessoalmente seus brinquedos e roupas às crianças menos favorecidas das comunidades carentes vizinhas às nossas igrejas.

Um simples gesto com uma lição tão valiosa: doar. Hoje, Cristiane e Viviane aprenderam a não se apegar a nenhum bem material nem a lugar algum. Passaram os últimos anos sendo transferidas o tempo todo para um novo trabalho evangelístico, cada hora em um ponto diferente do planeta, sem eira nem beira.

Os exemplos de vida são para sempre.

Quando Deus criou o homem e a mulher, não os fez só para que houvesse um casamento ou um par, mas, acima disso, um pai e uma mãe. Ambos com funções diferentes dentro de uma família.

Penso no meu casamento. Sempre procurei transmitir segurança, proteção, respeito, força e razão para a minha família. Ester, por sua vez, transmitia carinho, educação, cuidado, atenção e amizade no trato diário com as crianças.

Um não podia fazer o trabalho do outro, mesmo que quisesse, pois essas habilidades vieram com as diferenças no papel do homem e da mulher. Quando isso acontece, a profecia se cumpre: *"Bem-aventurado aquele que teme ao Senhor e anda nos Seus caminhos! Do trabalho de tuas mãos comerás, feliz serás, e tudo te irá bem"*. E não termina por aí. As palavras do salmista vão além: *"Tua esposa, no interior de tua casa, será como a videira frutífera; teus filhos, como rebentos da oliveira, à roda da tua mesa. Eis como será abençoado o homem que teme ao Senhor"* (Salmos 128.1-4).

As meninas no altar

Meu casamento com Ester foi referência para as minhas filhas. Cristiane e Viviane sempre disseram que queriam encontrar alguém como o pai, que queriam um casamento feliz como o nosso, como escrito no subcapítulo anterior. Quando completou 15 anos, Cristiane não quis festa. Preferiu guardar dinheiro para a cerimônia de casamento mesmo sem sequer conhecer o marido. Tudo pela fé.

Até que um dia, quando ainda morávamos nos Estados Unidos, Ester veio para o Brasil participar de uma reunião de pastores. Nesse encontro, conheceu um então jovem paulista chamado Renato Cardoso e comentou com Cristiane que achava o rapaz interessante e com o perfil de homem de Deus.

Nós sabíamos que nossa filha estava determinada a voltar para o Brasil com o objetivo de se casar. Nesta época, porém, Renato era noivo de uma moça oito anos mais velha que ele. Ele tinha de 17 para 18 anos. Já era pastor e estava em um dos nossos templos.

— Eu nunca tinha namorado. Era uma coisa que eu tinha determinado minha adolescência toda, já falava isso. Eu fui numa caminhada para conhecer de perto o rapaz que minha mãe tinha indicado. Eu vi e gostei. Comecei a orar para ser cumprida a vontade de Deus. Se fosse mesmo de Deus, surgiria outro rapaz para a noiva dele — relembra Cristiane, que afirma ter aguardado a resposta com paciência, em silêncio, sem querer agir pela força do próprio braço.

— Somente fui conhecer o Renato meses depois. Eu queria casar com o meu primeiro namorado. Eu tinha colocado isso dentro de mim e tinha fé para alcançar. Eu desejava casar com meu primeiro namorado, mas, é claro, não queria que fosse o primeiro namorado errado e, por consequência, o marido errado. Então, quando eu comecei a gostar do Renato, foram meses pedindo a Deus para mostrar o que Ele queria de verdade para a minha vida — conta Cristiane, hoje casada há 23 anos e fundadora do "Casamento Blindado", projeto destinado a orientar casados e solteiros no campo afetivo.

— Eu cheguei ao ponto de falar: "Olha, se for mesmo ele, vai ter de vir e eu não vou dar nenhum sinal de que gosto dele, inclusive eu vou ignorá-lo". O Renato passava por mim e eu virava a cara. Se for mesmo de Deus, Deus vai ter de fazer um milagre, porque normalmente para um rapaz se aproximar da moça, ele tem de receber um sinal de que ela gosta dele. Eu fazia o oposto. E aconteceu — destaca Cristiane.

Eu sabia o que estava acontecendo porque Ester sempre me contou tudo. O Renato rompeu seu noivado um tempo depois. Estávamos em uma reunião de pastores, e um deles era noivo de uma menina três anos mais velha que ele e, claro, deu problema. Isso não funciona. A mulher amadurece mais rápido que o homem. Essa diferença de idade nunca dá certo.

E naquela reunião, eu perguntei se tinha alguém na mesma situação, um pastor mais jovem namorando uma mulher mais velha. O Renato estava na mesma situação. Como faço com todos os pastores da Igreja Universal, disse:

— Rapaz, se você quiser continuar com o seu namoro, não tem problema, mas eu não aconselho. Isso pode te prejudicar mais cedo ou mais tarde.

Claro que ele usou a inteligência e a fé, optou por desmanchar o noivado. Depois disso, começou a namorar a Cristiane. Um namoro que durou entre cinco e seis meses. Eu queria que elas se casassem cedo.

Ninguém melhor para contar sobre o seu relacionamento que a própria Cristiane:

Eu queria um homem como meu pai: sério e trabalhador. Além de ser bonito, claro, o Renato não era daqueles rapazinhos que ficavam com as meninas. Ele era espiritual, como meu pai. E falou naquela reunião que queria desmanchar o noivado. Naquela mesma semana que terminou seu relacionamento, teve uma vigília e ele não tirava os olhos de mim. E um mês depois, me mandou uma cartinha que falava de amor. A gente não se via muito e a minha mãe fazia o papel de intermediária. Ela buscou informações sobre o Renato com o bispo responsável por ele na época e marcou um encontro para que nos conhecêssemos. E eu fui ao Brás, em São Paulo, depois da escola. Estávamos morando no Brasil, por conta da compra da Record. O bispo nos levou a uma lanchonete, aí a gente conversou pela primeira vez...

Naquele dia nós só nos conhecemos, nada de namoro. E meu pai ficou sabendo por meio da minha mãe. Depois eu falei:

— Olha, pai eu conheci o Renato que é um pastor auxiliar...

Ele respondeu:

— Ele tem de vir falar comigo primeiro. Não pode namorar você assim!

O Renato não queria falar com o meu pai ainda, afinal, não tínhamos falado sobre namoro. Meu pai dizia que eu não podia falar com o Renato sem a autorização dele. Eu explicava que ainda não tínhamos falado sobre namoro. E ficava aquele impasse.

Um dia, o Renato foi me ver novamente no Brás. Eu estava aprendendo piano, com um professor. Quando o vi, nem o deixei falar:

— Você precisa falar com o meu pai!

Não teve jeito. Ele marcou e foi o maior vexame. Meu pai quis falar com ele na frente dos demais pastores e bispos.

O meu pai autorizou o namoro numa quinta-feira. Já no sábado, ele veio em casa e começamos a namorar. Sempre tinha alguém conosco o tempo todo. Ficávamos sentados assistindo à televisão com o Moyses, meu irmão mais novo. Eu tinha 16 anos e ele 18 anos. Mas o primeiro beijo foi um mês depois e nos casamos em dez meses.

Começamos a namorar em setembro e, em janeiro, o Renato falou que a gente podia casar. Ele nem chegou a oficializar o pedido. Quando foi embora eu contei para o meu pai, que gritou:

— Ele tem que falar comigo primeiro!

E quando ele voltou à noite, estava cheio de visitas aqui em casa e meu pai chamou:

— Renato, vem aqui!

O Renato apareceu na sala e meu pai:

— Que negócio é esse de casamento?!

Vários bispos na sala, ele olhava e perguntava:

— O que você acha?!

E todos dando opinião:

— Ah, ela é muito nova! Ah, ele não tem experiência!

Meu pai decidiu que eu deveria terminar a escola antes de me casar. Terminei em junho e me casei em julho. A gente namorava na sala de casa. Meu pai passava e dizia:

— Ei! Tô olhando vocês aqui!

Essa história aconteceu, de fato. Tinha preocupação com o perfil de quem iria receber minhas filhas tão queridas. Para chegar a ser meus genros, Renato e Júlio encararam obstáculos parecidos. Na vez de Renato, ele ouviu de mim o seguinte alerta:

— Rapaz, se você fizer alguma coisa para minha filha, eu arranco sua cabeça – afirmei, seco, fitando os olhos nele.

No dia 6 de julho de 1991, Cristiane se casou. A cerimônia aconteceu na noite de sábado, em um buffet no bairro de Indianópolis, em São Paulo, para cerca de trezentos convidados. Ela tinha 17 anos e Renato, 19 anos. O casamento foi cercado de tormentos.

Era um período terrivelmente difícil para mim por causa dos ataques resultados da compra da TV Record. As ofensas e calúnias vinham de todos os lados da imprensa. Meu nome era surrado diariamente na televisão e nos jornais. A pressão atingiu Ester e as meninas frontalmente.

— Meu pai recebia ameaças constantes de que seria preso se continuasse com a compra da Record. Diziam que iriam pegá-lo na minha frente, no dia do meu casamento — relembra Cristiane.

— Ameaçaram até a família do noivo — conta Ester, que viveu calada o sentimento de me ver em meio a tanto sofrimento, dias antes de casar nossa primeira filha. — Ele tinha momentos de explosão, de gritar, desabafar. Não havia ninguém capaz de acalmar o Edir. Eu estava ao lado dele, me esforçando para controlar seu estado emocional o tempo todo. Edir chegou ao limite.

Infelizmente, foi assim que realizei o casamento de Cristiane. Na porta do salão, novas cenas de humilhação ao sermos vítimas de mais agressões. Quando chegamos de carro, avistei pela janela um grupo enorme de fotógrafos ao lado de homens e mulheres gritando:

— Ladrão! Ladrão! — xingavam alguns, entre o empurra-empurra dos jornalistas, enquanto partíamos para o salão de festas.

Cristiane se irritou com tanto desrespeito:

— Na hora, fiquei arrasada. Minha vontade era responder a todo mundo e pedir um pouco de consideração com o dia do meu casamento.

Naquele momento, percebi a necessidade de acalmar minha filha. Ela não merecia passar por uma situação tão constrangedora. Calmamente, disse para ela:

— Não ligue para eles, filha. Tenha paciência. É assim mesmo. Hoje é o seu dia.

Cristiane e Viviane não compreendiam ao certo a complexidade de toda a situação. Ester e eu procurávamos sempre preservar nossa casa ao máximo. Não era justo repassar para nossas filhas adolescentes o tamanho da injustiça que nos abatia.

As preocupações com o futuro da Igreja e a luta pelo sonho de conquistar uma emissora de televisão, para contribuir com a pregação do Evangelho em todo o Brasil, como de fato aconteceu, eram gigantescas dentro de nós. Embora fôssemos sempre movidos pela fé e confiança irrestrita nas promessas de Deus, nosso estado emocional, por vezes, deixava transparecer a fase tão tensa de nossas vidas.

— Um dia, ao chegar da Igreja, encontrei os dois chorando sozinhos no escritório de casa. Eles não compartilhavam nada comigo e com Viviane, sempre nos preservaram, mas sabíamos que algo estava errado — reflete Cristiane.

Diferentemente de mim, Ester foi muito presente no dia a dia de Cristiane nos momentos que antecederam seu casamento. As duas prepararam juntas o vestido de noiva.

Eu não estava em clima de festa, mas fiz questão de presentear Cristiane. Pena que não foi possível aproveitar ao máximo os últimos instantes da minha filha mais velha solteira. Eu não tive essa oportunidade por encampar uma batalha tão grande, mas que hoje resultou em conquistas espirituais igualmente grandes. No dia do casamento, essa sensação veio sobre mim. Quem é pai entende o que se passa dentro da gente.

Quando entrei no salão com Cristiane, os problemas ficaram do lado de fora. Enquanto caminhava lentamente de mãos dadas com ela, Viviane soluçava em lágrimas. Ao ver a cena, os olhos de Cristiane encheram de água. De repente, a música enguiçou e eu logo acalmei Cristiane novamente.

— Está tudo certo, minha filha. Vai ficar tudo bem — balbuciava nos ouvidos dela.

Antes de entregar Cristiane nas mãos do Renato, dei um abraço apertado lembrando tudo que vivemos juntos. Não queria mais largar minha filha. As lágrimas foram inevitáveis. Para mim, elas sempre serão minhas meninas. Crianças que nasceram e cresceram envolvidas por carinho e ternura.

Ester estava mais contida. Ela já havia chorado nos seis meses anteriores àquele dia inesquecível, principalmente quando ouvia com Cristiane a música do casamento. Parecia ter se preparado para perder a nossa filha. Ela orientava as meninas sobre a vida íntima, a conduta delas como esposas nas responsabilidades da casa e, principalmente, a jamais deixarem de ser mulheres de oração.

No ato da cerimônia, ministrada por mim, esqueci todos os ataques e tormentos e me concentrei em dar o melhor para a minha filha. Era um instante único. Assim que entreguei a mão dela para o Renato, disse as seguintes palavras no microfone:

— De agora em diante, meu amor, será apenas você e seu esposo. Não existem mais papai e mamãe. Vocês têm que resolver os seus problemas entre si. Esse é o significado do casamento. É um pelo outro – preguei, com o salão repleto de amigos.

O casamento de Cristiane teve um significado maior para mim. Provou que o meu exemplo de marido ao lado de Ester gerou frutos para a vida inteira.

— Um casamento de acordo com os princípios de Deus é a base de tudo. Eu sempre vi esse equilíbrio e entendimento entre os meus pais. Quando um está nervoso, o outro está calmo. Se o meu pai não tivesse o casamento que tem, não teria suportado tantos dissabores na vida. Ele não seria quem é. Meus pais foram a minha base para conhecer a Deus. Por causa da vida deles, eu consegui enxergar Deus. Eles pregam valores que vivem. Nunca tive dúvida de Deus, nem tive vontade de conhecer o mundo. Eu queria um casamento no exato modelo que eles sempre viveram — analisa Cristiane.

Lágrimas de alegria

Assim como Cristiane, Viviane também deixou nossa casa antes de completar 20 anos. As duas mantêm um perfil semelhante: conversam e se divertem bastante, mas sempre se colocam em segundo plano quando estão próximas dos esposos. Casada há 21 anos, Viviane já viveu com Júlio Freitas, natural da Bahia, em diversos países como África do Sul, Estados Unidos, Espanha e Portugal, sempre dedicando a vida ao trabalho missionário.

Júlio surgiu em nossa vida quando fui ao Ceará realizar uma reunião de pastores. Eu estava sentado no sofá ao lado de Ester quando ele apareceu na porta do escritório da Igreja. Na hora, Ester olhou para mim e disse:

— Você está pensando no que eu estou pensando?

— Sim. A Vivi — concordei no mesmo instante.

No início de 1991, depois de nove meses como pastor no Ceará, Júlio foi transferido para São Paulo, onde encontrou Viviane nas reuniões na antiga Igreja do Brás.

— Eu me apaixonei pela Vivi, mas eu não sabia ao certo que ela era filha do bispo Macedo. Quando soube, fiquei assustado. Pensei: "Se eu já ralo aqui como pastor auxiliar, meu Deus do céu, imagine me envolvendo com a filha do bispo Macedo?" Acabou para mim... — reconta Júlio, com bom humor.

Naquele momento, Viviane tinha terminado um namoro de três meses e não queria saber de novos relacionamentos. Júlio era um pouco mais experiente, tinha terminado um namoro com uma mulher seis anos mais velha que ele.

Um mês depois de começar a namorar a Viviane, ela voltou para os Estados Unidos. Na verdade, esse namoro foi quase todo à distância. Ela fora do Brasil e ele às voltas com as responsabilidades de pastor auxiliar, mesmo assim o relacionamento não esfriou.

Voltamos para os Estados Unidos por conta das fortes agressões que sofremos depois da compra da Record. Como já escrevi, eu procurava não passar a gravidade da situação para as meninas. A Viviane só se deu conta do que estava acontecendo quando fecharam o nosso carro e me levaram para a prisão em São Paulo, poucos meses antes do seu casamento.

Um ano e um mês foi o tempo exato que levou para o casamento de Viviane no dia 22 de julho de 1992. Eu e a Viviane entramos sorrindo pela antiga Universal de Santo Amaro. Júlio estava sério, tenso como todo noivo no dia do casamento.

Lembro que, no momento em que fiz a oração, chorei.

— Meu Deus, quando ela estiver passando por momentos difíceis, lembra, Senhor, desta oração — clamei ao microfone.

Viviane conta até hoje que todas as vezes que passou por momentos difíceis se lembrou dessa oração. Em seguida, eu abençoei o casal e disse:

— Que vocês sejam felizes como Ester e eu somos. Na escassez, na abundância, em meio à multidão ou em um lugar desconhecido onde ninguém saiba quem vocês são. Que vocês tenham o mesmo amor, a mesma alegria, a mesma disposição que nós temos. Ninguém pode tirar essa bênção de vocês dois. É a nossa riqueza e é o que tanto desejamos também para os outros.

Caixote de madeira

Ainda na adolescência de Cristiane e Viviane, Ester e eu sempre pensamos em adotar um filho homem. Seria a realização de um antigo desejo. Naquele tempo, procuramos estimular os processos de adoção entre os pastores da Igreja Universal com ou sem filhos, afinal era um ato de inteligência adotar crianças rejeitadas em vez de colocar mais filhos neste mundo tão terrivelmente difícil. Qual o valor de salvar a alma de um órfão ou de uma criança abandonada?

Atualmente grande parte dos pastores da Universal opta, voluntariamente, pela decisão de não ter filhos por entender ser assim possível uma dedicação maior à pregação do Evangelho. Outra parte cria filhos adotivos com o mesmo carinho e amor de um filho biológico. Assim, Ester e eu ganhamos nosso terceiro e amado filho: o caçula Moyses, hoje um homem com 28 anos.

A chegada de Moyses ao nosso lar, em meados de 1985, é uma história com enredo difícil de acreditar.

— Estava sentada na antiga Universal da Abolição, ao lado de dona Ester, assistindo à reunião do bispo Macedo. A Igreja estava cheia, quando chegou uma senhora com um nenê no colo e um caixote de madeira na mão — lembra Marilene da Silva, mulher de João Batista Ramos, ex-deputado federal e ex-presidente da Record.

A mulher entrou no templo e, em linha reta, caminhou lentamente em direção a Ester.

— Dona Ester, olha o bebê que eu trouxe para a senhora — disse.

— Que bonitinho... — respondeu Ester, sem entender direito o que acontecia, já segurando o pequeno menino no colo.

Ester acolheu a criança nos braços por poucos minutos. A empatia foi imediata. Eu prosseguia a reunião normalmente, mas de olho em tudo o que acontecia. Ainda encantada com o brilho nos olhos do menino, Ester devolveu o bebê para a mãe.

— Não, dona Ester! É para a senhora. Para a senhora e para o bispo. Eu estou dando ele para vocês.

Ester e Marilene ficaram atônitas. A movimentação chamou ainda mais a minha atenção. Logo perguntei ao microfone:

— O que está acontecendo, Ester?

Com o bebê no colo, Ester se levantou e foi para perto do púlpito, onde eu estava.

— Edir, a moça está dando esta criança para nós. O que eu faço? Ela quer que a criança fique com a gente!

Olhei o menino, passei a mão sobre a cabeça dele, peguei do colo de Ester e voltei para a mãe da criança:

— A senhora está dando este nenê para mim?

— Sim — ela respondeu, caminhando em direção ao altar.

— Por favor, suba aqui e explique isso no microfone, diante de toda a Igreja.

— Desde que fiquei grávida, pensei em dar meu filho para vocês.

— A senhora tem certeza? A senhora sabe o que está falando? A senhora sabe quantas testemunhas há aqui?

— Sim, tenho certeza disso.

Ergui a criança sobre a minha cabeça e a consagrei para Deus em oração juntamente com toda a Igreja presente naquele momento.

— Nasceu agora o Moyses da Igreja Universal!

Na sequência, os membros e obreiros que acompanhavam a reunião aplaudiram por alguns minutos. Os olhos de Ester brilhavam de alegria. Os meus também.

Moyses chegou em casa com 14 dias de vida, com o corpo cheio de feridas. No dia seguinte, foi iniciado o processo oficial de adoção. Hoje, ele já conhece os pais e os irmãos biológicos, mas nos considera a sua família de verdade. Eu preservo um carinho especial por ele.

— Minha mãe me ensinou a compreender o trabalho do meu pai. Sempre foi nossa grande amiga presente em todos os momentos — define Moyses.

A família inteira ficou radiante com a chegada do Moyses. As meninas, Cristiane e Viviane, disputavam para segurar o bebê. Cris foi a escolhida para cuidar dele durante a noite.

— Meu irmão foi o bebê mais lindo e fofo que eu já vi na minha vida. Eu fui a privilegiada em ficar no mesmo quarto que ele, o berço, e todas a decorações azuis mais lindas. Ele era tão bonzinho que nem chorava à noite, mas toda vez que fazia um barulhinho qualquer, eu me levantava e o acariciava um pouquinho e logo ele dormia de novo. Sempre fui a sua *big sister*. Quando me casei, ele morou comigo – conta Cristiane.

Em meio ao caos das perseguições desencadeadas pela compra da TV Record, um susto. Estávamos em viagem missionária pela África do Sul quando recebemos uma ligação da Cidade do Cabo, lugar em que morávamos havia alguns meses.

— Moyses acabou de sofrer um acidente muito grave, pai — contou Cristiane, atônita, pelo telefone.

O menino tinha caído do mezanino de uma das nossas igrejas. Um tombo drástico de uma altura de pelo menos dois metros. Foi de cabeça para o chão. Quem viu a cena, ficou assustado. O resgate foi acionado na hora. Um grupo de voluntários tentou ajudar, desesperado com a imagem da criança machucada. Moyses foi levado às pressas para o hospital.

— Quando me contaram pessoalmente o que aconteceu, eu me impressionei. Nenhuma criança resistira a um acidente tão grave — conta Ester.

Após ser socorrido, os ferimentos foram reduzindo aos poucos. Um galo enorme nasceu em sua cabeça, mas tudo acabou bem. Os médicos sul-africanos disseram que era para ele estar morto.

Deus guardou a vida de Moyses.

Quem olha hoje para Ester e eu e nossos filhos Cristiane, Viviane e Moyses consegue ver claramente o retrato de um lar feliz e realizado, mas, como qualquer família, também enfrentamos nossas lutas e angústias para chegar onde estamos. Até hoje enfrentamos dificuldades naturais na rotina de qualquer lar e do convívio entre pais e filhos.

Isso me faz olhar para dentro de mim e me dá a consciência de quão pequeninos somos e do tamanho da minha dependência de Deus. Qualquer família, por mais despedaçada que esteja, pode ser reconstruída de uma forma ou de outra, pela perseverança e atitudes de fé de uma mãe, um pai ou um filho.

Quem não idealiza a concretização destas palavras na própria vida?: *"Eu e a minha casa serviremos ao Senhor"* (Josué 24.15).

Mais dois filhos homens

Meus encontros de família sempre foram muito raros nos últimos anos devido à rotina de viagens e reuniões na Universal em todo o mundo. Alguns anos atrás, chegamos a conviver junto com minhas filhas e genros, mas, invariavelmente, por um período de tempo limitado. Ester e eu viajamos muito desde que a Igreja passou a ter presença marcante em mais de cem países.

Chegamos a percorrer, ininterruptamente, centenas de horas de voo em poucos meses. Para cumprir nossa agenda missionária de compromissos no Brasil e no exterior, levamos nossa condição física ao limite inúmeras vezes. Certo período, eu me recordo de ter registrado uma marca exaustiva ao lado de Ester: em apenas sessenta dias, enfrentamos

55 horas de voo e 28 fusos horários diferentes, excluindo os deslocamentos internos.

Mais recentemente, tive a alegria de voltar a morar no mesmo teto com Cristiane e Renato. Júlio e Viviane continuam vivendo no exterior responsáveis pelo trabalho evangelístico em toda a Europa. Quando estamos todos juntos, aproveitamos ao máximo cada minuto. Relembramos o passado, damos boas risadas e reconhecemos o poder de Deus em nossas vidas.

Enquanto as mulheres se juntam para conversar longamente por horas seguidas, meus genros e eu, quase sempre acompanhados de outras lideranças da Universal, debatemos sobre diversos assuntos relacionados às famílias e ao atual estado da Igreja.

Quase sempre ressalto para eles a importância da mulher saber o seu papel em um casamento, de acordo com os ensinamentos bíblicos. A submissão da esposa ao marido é algo natural, não forçado, que nasce do amor e da extrema consideração dela por ele. Jamais se trata de uma situação imposta, machista ou opressora.

O homem não é nada sem a mulher, e a mulher não é nada sem o homem. A mulher não deve se submeter à vontade do homem. O homem é que deve se colocar como líder numa relação conjugal. Esse entendimento nasce à luz do Evangelho. O homem é a cabeça, e a mulher o corpo. Imagine um corpo sem cabeça ou vice-versa. Impossível existir relacionamento. Até entre pastores da Igreja Universal, conhecemos exemplos desse tipo. Quando a mulher manda no marido, o casamento padece.

Ela domina e não dá certo. Um não pode ultrapassar o limite do outro.

O apóstolo Paulo ensina o caminho das pedras, como se diz popularmente, para um casamento feliz e duradouro: *"As mulheres sejam submissas ao seu próprio marido, como ao Senhor; porque o marido é o cabeça da mulher, como também Cristo é o cabeça da igreja (...). Maridos, amai vossas mulheres, como também Cristo amou a igreja e a Si mesmo Se entregou por ela"* (Efésios, 5.22-25).

A maior prova de que desaprovamos o machismo é o amplo espaço atual das mulheres na Universal. Temos várias pastoras em todo o mundo. A mulher é tão importante quanto o homem. Faço questão de promover o casamento para os dois se tornarem uma família só. É óbvio: se não existe família, não existe Igreja. Para mim, o mais bonito na mulher é sua simplicidade, a elegância de sua discrição. E é o que vejo explicitamente no comportamento da Ester.

Também debato muito com meus genros e os demais bispos a minha profunda preocupação em gerar tantos filhos nos dias de hoje, na maioria dos casos de forma irresponsável e sem planejamento algum. Cristiane e Renato não têm filhos biológicos.

Ter filhos hoje em dia é um risco, significa viver em uma selva. Se eu casasse hoje, jamais teria filhos, embora Deus tenha me concedido três filhos extraordinários. Aconselho abertamente os membros e os pastores a não terem filhos.

O mundo está cada vez mais violento, dentro e fora de casa, os valores estão invertidos, são poucas as chances de a criança ter um futuro bom. Nos países desenvolvidos, na Europa e nos Estados Unidos, são cada vez mais fortes os movimentos contrários à natalidade. Muitos podem até pensar que isso é egoísmo. Mas não vejo dessa forma. É inteligência, questão de sobrevivência.

Por essa razão, sou a favor da camisinha, da vasectomia, da laqueadura, das pílulas e de todos os métodos existentes, ou que ainda vão existir, para o controle de natalidade. Aliás, não sou favorável apenas ao uso de uma, mas de duas camisinhas, caso o preservativo falhe. Não que estimulemos a promiscuidade, mas relações sexuais ilícitas sempre aconteceram e sempre vão acontecer.

Precisamos ser realistas, encarar isso de frente e nos empenhar em salvar vidas. O que mais me revolta é saber que existem grupos religiosos conservadores que ainda pregam o contrário. E os jovens que morrem de aids todos os dias? E as doenças sexualmente transmissíveis? E o aumento de mães solteiras? Quem se responsabiliza por tudo isso? O governo? O Clero Romano? Quem?

Também sou a favor do direito de escolha da mulher em ter ou não filhos. Em casos como estupro, má-formação do feto ou quando a vida da mãe está comprovadamente ameaçada pela gestação, não há o que discutir. Sou a favor do aborto, sim.

A Bíblia diz: "*Se alguém gerar cem filhos e viver muitos anos, até avançada idade, e se a sua alma não se fartar do bem, e além disso não tiver sepultura, digo que um aborto é mais feliz do que ele*" (Eclesiastes 6.3). O Brasil deveria se unir pelo direito da mulher de optar pelo aborto. Nossos governantes deveriam se empenhar para isso e não se curvar diante da pressão de alguns segmentos religiosos. Certamente, grande parte de nossas mazelas sociais diminuiria.

Pense comigo: é melhor a mulher não ter filho ou ter e jogar o bebê na lata do lixo? O número de meninas solteiras de 12, 13 anos dando à luz não para de crescer. Crianças que deveriam estar na escola, mas estão em casa cuidando dos filhos. Não é necessário teorizar muito. Qual será o futuro dessas crianças? Qual a estrutura que um garoto de 14, 15 anos tem para ser pai? O que uma garota que mal entrou na adolescência tem para ser mãe?

A maioria delas é pobre, cujos filhos crescem em um ambiente cercado de violência e miséria. Que esperança existe para essas crianças que, cedo ou tarde, sempre acabam aliciadas pelo crime? Vamos ser frios e racionais: é preferível a criança não vir ao mundo ou vê-la nos lixões catando comida para sobreviver? Eu creio na Bíblia. Nesses casos, eu acredito que o aborto é melhor do que nascer. A mulher precisa ter o direito de escolher.

No decorrer da elaboração deste meu livro de memórias, fui positivamente surpreendido por um presente dos meus genros. Renato e Júlio escreveram cartas carregadas de gentileza e gratidão por tudo que vivemos juntos ao longo das últimas décadas. Gostaria que soubessem, publicamente, que os considero como meus filhos.

Não existem palavras suficientes para agradecer o tamanho do amor e do cuidado que os dois têm por minhas filhas.

Elas são um pedaço de mim e da Ester. Todo o bem que eles fizeram às minhas duas meninas, direta ou indiretamente, sempre se reproduziram em nós.

Abaixo, as palavras cordiais de Renato Cardoso:

Querido bispo Macedo,

"Se você fizer alguma coisa ruim com a minha filha, eu corto a sua cabeça!"

Foi com essas palavras doces (risos) que o senhor se dirigiu a mim pela primeira vez quando fui lhe pedir permissão para namorar a Cristiane em 1990. É claro, até hoje tenho pesadelos por causa delas...

Brincadeira à parte, essas palavras traduzem bem o homem que eu tenho o privilégio de conhecer de perto. Vou mencionar três coisas que estão contidas nelas e que me abençoam todos os dias.

Primeiro, a mais pura sinceridade. Eu nunca precisei duvidar de alguma palavra que o senhor disse. Nunca o vi fingindo ser, pensar ou sentir alguma coisa. Já o vi muitas vezes sofrer por dizer o que pensa, por ser direto, mas não por ser dissimulado. O senhor é a própria encarnação daquela frase que se tornou famosa nos seus lábios: "Ou é, ou não é!". O senhor é o que é. E em um mundo de aparências, de promessas feitas para serem quebradas, essa sinceridade é um tesouro para todos que o conhecem e convivem consigo.

Segundo, a valorização da família. O cuidado que o senhor teve com o próprio casamento ao escolher a dona Ester; o cuidado com quem as filhas iriam escolher para casar; o cuidado com quem os pastores vão escolher para casar, como se fossem seus próprios filhos — isso é algo que eu nunca vi.

Muito antes da Escola do Amor e do Casamento Blindado, o senhor já entendia que um bom casamento é o que protege a vida de uma pessoa. Eu e milhares de outros casais e famílias desfrutamos desse entendimento que o próprio Deus lhe deu. Essa é a nossa blindagem.

Terceiro, o zelo pela nossa cabeça. Com aquelas palavras sinceras de um pai protetor, "...eu corto a sua cabeça", o senhor resumiu uma das lições mais importantes na vida: pensar antes de agir. Parece óbvio, mas basta olhar para o mundo e ver que a maioria das pessoas não prioriza o pensar. Elas agem pelo sentimento e não pela inteligência, pelo coração e não pela cabeça. Muitas são inteligentes profissionalmente, bem-sucedidas no trabalho, mas fracassam em outras áreas de suas vidas por serem vítimas de suas emoções.

Deus revelou ao senhor o conceito da "fé inteligente", que zela pela cabeça e ignora o coração.

É essa fé racional que me faz entender que, se um dia eu fizer algum mal à sua filha e minha esposa, é porque eu já perdi a cabeça. Cortá-la seria desnecessário.

Há muita gente perdendo a cabeça por aí por causa do coração. Obrigado por me ensinar o zelo por minha cabeça. Ela sempre estará no lugar.

Tive de resumir, mas essas três coisas continuam me abençoando até hoje. E isso é o que tirei apenas das primeiras palavras que me dirigiu. Seria necessário um volume de livros para descrever o que tenho aprendido com o senhor ao longo desses 24 anos.

Por isso, quando o senhor decidiu há alguns anos não deixar herança alguma para os filhos, não me doeu em nada. A maior de todas eu já tenho: o exemplo de fé a seguir.

Obrigado por não ter nada a perder. Por causa dessa fé, nós temos tudo.
Renato Cardoso

Agora, a mensagem afetuosa de Júlio Freitas:

Bispo, o senhor tem sido o bom pastor.
Aquele que dá a vida pelas ovelhas diariamente. E eu faço parte deste rebanho incontável da Igreja Universal estabelecida em mais de cem países.
Louvo e agradeço a Deus todos os dias por ter sido alcançado por meio deste trabalho libertador, inteligente, prático e salvador do Senhor Jesus através de sua vida.
No dia em que tive o meu encontro com Deus e fui transformado em um novo homem, em 24 de dezembro de 1988, era o senhor quem ministrava a reunião.
Foi a primeira vez que o vi realizando um culto de fé. Jamais poderia imaginar ali que teria a honra de servir ao nosso Deus no altar e que um dia teria o prazer de trabalhar lado a lado com o senhor e, ainda, me tornar membro de sua família dividindo a minha vida com a Vivi em um casamento feliz e abençoado.
Lembro-me de suas palavras diretas naquela reunião: "No passado, Deus usou Abraão, Moisés, Elias, Samuel, Davi e hoje Ele quer usar você".
Na hora, eu disse dentro de mim: "Deus Vivo, me faz Te conhecer pessoalmente como este servo Teu. Dê-me um pouco do Teu Espírito, pois quero ter o mesmo entendimento, coragem, amor e devoção que o bispo Macedo".
E aconteceu. Que maravilha! Ah, que dia!

Minhas palavras jamais poderão demonstrar o quanto foi, é e sempre será importante para mim e outras milhões de pessoas. O senhor tem sido o meu pastor, líder, pai e amigo de fé inteligente no serviço ao nosso rei e Senhor Jesus. Deus é testemunha de que desde que O conheci, tenho orado pelo senhor e dona Ester. Peço a Deus que o inspire, fortaleça, guarde e o use, poderosamente e grandiosamente, para dar a outras almas a mesma oportunidade que me foi dada. Tenho pedido a Deus para me usar tanto quanto o tem usado. Queremos que todos saibam que Jesus Cristo é o Senhor. Que o Espírito Santo conserve no senhor o temor, a obediência à Palavra de Deus, a coragem e a revolta inteligente todos os dias da sua vida, porque coisas maiores e extraordinárias estão acontecendo por meio da liderança incomparável do senhor.

O mesmo bispo gigante que vi no altar em 1988 é o mesmo gigante em cima e fora do altar hoje. Sempre pregando o que vive e vivendo o que prega. Amo o senhor como nunca amei o meu pai biológico. Amo com todas as minhas forças.

Do seu fiel escudeiro ate à morte, Júlio Freitas.

"Estarão abertos os Meus olhos e atentos os Meus ouvidos à oração que se fizer neste lugar. Porque escolhi e santifiquei esta Casa, para que nela esteja o Meu Nome perpetuamente; nela, estarão fixos os Meus olhos e o Meu coração todos os dias"

(2 Crônicas 7.15,16)

CAPÍTULO 3

O TEMPLO DA SANTIDADE

Resgate da reverência

Eu sempre sonhei em resgatar a santidade da Igreja. Desde jovem convertido, procurava encontrar espaços de oração que dessem valor a esse bem tão valioso em nosso relacionamento com Deus: o temor no trato com as particularidades espirituais. A grande maioria das denominações evangélicas no Brasil e no mundo desprezaram isso com o passar do tempo.

Muita gente conversa, se levanta e até grita como um insano durante os cultos. Os símbolos da fé são tratados com irrelevância. Os próprios pastores tratam seus templos como um edifício comercial, sem nenhum cuidado com os preceitos bíblicos. A minoria consegue compreender o aspecto sagrado que significa o espaço da Igreja. Poucos têm a capacidade de assimilar a fundo a definição de "a Casa de Deus".

Talvez essa tenha sido uma das maiores conquistas da abertura do novo Templo de Salomão. O resgate da consciência da santidade ao Deus da Bíblia.

A prática dessa reverência começou já no planejamento da construção, em julho de 2010. Acompanhei a obra nos seus mínimos detalhes. Da pedra fundamental às pilastras de sustentação, das luminárias ao tecido das poltronas, das pedras da fachada ao revestimento da Arca da Aliança. Tudo foi escolhido minuciosamente por mim e meus companheiros. Sempre com consideração, cuidado, carinho.

Subi e desci andaimes, pisei em terra batida, estudei plantas e mais plantas, analisei projetos com engenheiros e arquitetos, aprovei pesos e medidas. Coloquei a minha vida em cada pedacinho do Templo de Salomão. O meu melhor para erguer esse espaço tão sagrado ao Deus de Israel, o meu Senhor.

O projeto arquitetônico seguiu à risca as referências bíblicas do primeiro templo erguido no passado pelo rei Salomão, acompanhado de estudos realizados em Israel, desenvolvido pelos mais avançados conhecimentos de engenharia e tecnologia do mundo.

O terreno escolhido foi uma enorme área no bairro do Brás, em São Paulo, que abriga quatro amplos edifícios. O principal deles, com a nave da Igreja, tem capacidade para dez mil pessoas sentadas.

Acompanhe a seguir algumas das revelações e significados do Templo de Salomão:

O sentido da construção

O objetivo de erguer a réplica do Templo é puramente espiritual. Desejo que as pessoas vejam a Santidade de Deus. A minha intenção é que quem ali pisar sinta o respeito, o temor, a reverência ao nosso Senhor.

Também desejo proporcionar aos cristãos a oportunidade de estar em um pedaço de Israel no Brasil, inspiração nascida em uma de minhas peregrinações à Terra Santa, em dezembro de 2009.

Não se trata de um projeto pessoal ou da Igreja Universal, mas do simples desejo de despertar nos visitantes das mais diferentes crenças e religiões a fé dos tempos bíblicos.

Dentro do Templo

O conjunto de minúsculas luminárias recria, de forma moderna, o ambiente de Israel. A impressão é de estar sob um teto de ouro, de três mil anos atrás. O projeto foi tão benfeito que não é possível perceber a iluminação nem o ar-condicionado.

Nas paredes laterais, doze grandes menorás, representando os antigos candelabros de azeite e as doze tribos de Israel. As portas de acesso são trabalhadas internamente em madeira e externamente em cobre. Um sistema de tradução simultânea permite a mil estrangeiros por vez compreender tudo o que se diz nos cultos.

Ao Altar, coube uma surpresa especial reservada apenas para quem pisar lá pessoalmente.

Pedras de Israel

Usamos nas paredes e no piso pedras trazidas de Israel. Durante quatro anos, homens e máquinas de uma pedreira em Hebron se dedicaram a cortar pedras gigantescas. Foram quarenta mil metros quadrados, o suficiente para encher dez campos de futebol, sempre despachados do Porto de Ashod, pelo Mar Mediterrâneo, numa viagem de trinta dias até São Paulo.

A Esplanada

O platô à frente da construção tem quatro tamareiras de quinze metros de altura, sentinelas que dão as boas-vindas aos visitantes de todas as partes do mundo. Do lado direito do Templo, está o Jardim das Oliveiras, doze árvores importadas que têm cerca de trezentos anos.

Dois templos destruídos

Antes do novo Templo de Salomão em São Paulo, dois templos foram erguidos e derrubados ao longo da história. O primeiro foi o executado por Salomão em uma obra grandiosa.

Foram escalados profissionais de várias partes do mundo para o trabalho. Os números são impressionantes para a época: para o corte de madeira, foram designados trinta mil homens; para o corte das pedras, oitenta mil; para os serviços gerais, cerca de setenta mil operários.

O Templo, um termômetro entre o povo de Israel e Deus, foi saqueado e destruído pelos babilônios após a idolatria tomar conta daquela geração. No decorrer dos anos, um segundo templo foi erguido no mesmo local do primeiro e, décadas depois da vinda do Senhor Jesus, arruinado pelos romanos. Ficou apenas uma parte, que hoje é conhecida como Muro das Lamentações.

Nenhum acidente

Eu acompanhei os tratores e escavadeiras abrindo caminho para a edificação do Templo de Salomão em São Paulo durante vários meses. Pelo menos a cada vinte dias, estávamos presentes no terreno supervisionando o projeto, passo a passo.

As proporções da obra foram gigantescas: 1.400 homens, duas toneladas e meia de ferro, duas toneladas de aço e 145 mil sacos de cimento. Os operários trabalharam o ano inteiro, 24 horas por dia, sete dias por semana, sem parar e a todo vapor.

A construção gerou milhares de empregos diretos e indiretos, e em quatro anos de trabalho não tivemos nenhum acidente grave.

RÉPLICA I

Um das áreas que eu mais aprecio é o Cenáculo. O prédio tem um espelho d'água muito bonito. Ali contamos a história do povo judeu e também dos templos que um dia foram erguidos em Jerusalém.

O teto redondo tem um significado: simboliza o Monte Moriá, onde Abraão subiu para oferecer Isaque como sacrifício e o lugar em que foram erguidos o Templo de Salomão original e o segundo Templo.

No centro do Cenáculo, está exposta, em miniatura, uma maquete do Tabernáculo. Ao redor da maquete, estão doze colunas. De um lado, elementos do Tabernáculo e do próprio Templo. Do outro, doze brasões representando as doze tribos de Israel, obra de um artista israelense.

RÉPLICA II

O Tabernáculo foi o primeiro templo itinerante usado pelo povo hebreu em sua longa travessia pelo deserto. Eram espécies de tendas sagradas que abrigavam a Arca da Aliança, relíquia com as tábuas da lei entregues por Deus a Moisés.

Essas tendas só podiam ser carregadas pelos levitas, homens escolhidos e que tinham a obrigação de cuidar para que tudo ocorresse de forma perfeita, segundo a vontade de Deus. Eram chamados de levitas por serem integrantes das doze tribos de Israel e descendentes de Levi.

No terreno anexo ao Templo, há uma réplica do Tabernáculo com as mesmas medidas descritas na Bíblia. Não falta nenhum elemento: o átrio, as colunas, as tábuas, as elevações, as coberturas, o altar do holocausto, o lavatório. No interior, a menorá, a mesa de pães, o altar de incenso e o véu.

Inspiração judaica

Uma curiosidade que descobri ao longo da construção do Templo de Salomão é a minha ascendência judaica. Autoridades do centro de cultura do judaísmo explicaram que Bezerra é um nome de origem cristã-nova, ou seja, ele aparece em diversas relações de nomes de origem judaica no Brasil, sobretudo os do nordeste.

Meu pai se chamava Henrique Francisco Bezerra e nasceu na cidade de Penedo, interior de Alagoas. Minha mãe, Eugênia Macedo Bezerra, também tem raízes judaicas. A família Macedo foi reconhecida pelo governo espanhol como judeu sefardita, ou seja, originários de certas regiões da Europa. A mãe dela, minha avó Clementina Lorio de Macedo, era italiana.

Nosso patrocínio

Não houve um centavo de doação de dinheiro público ou de grandes empresas privadas. As ofertas vieram única e exclusivamente de doações do povo da Igreja Universal do Reino de Deus.

Todo esse empenho, zelo e suor foram contemplados com uma inesquecível cerimônia de inauguração na presença das mais renomadas e ilustres autoridades e personalidades brasileiras e de outros países.

Um marco com diferentes significados na minha vida que vamos entender nas próximas páginas.

Afinal, o que representou um evento tão grandioso e o que passou pela minha mente nesses momentos tão singulares?

O Templo de Salomão, em São Paulo: uma obra erguida com o suor do povo da Igreja Universal unicamente para a glória do Deus de Israel, o Único e Verdadeiro Deus.

Fiz questão de acompanhar a construção nos seus mínimos detalhes. Subi e desci andaimes, pisei em terra batida, estudei plantas, analisei projetos com engenheiros e arquitetos, aprovei pesos e medidas. Coloquei a minha vida em cada pedacinho desta Obra.

O dia da minha primeira reunião no Santuário com bispos e pastores do mundo inteiro. A consagração do Templo, portas abertas para abrigar os aflitos e necessitados, está registrada na minha memória.

A inauguração oficial do Templo de Salomão reuniu as autoridades e personalidades mais importantes do Brasil e de outros países. A Obra de Deus foi honrada com a presença dos representantes de todos os poderes da República, em uma noite histórica.

Antes de chamar para uma oração ao pé do Altar, reafirmei que não tenho nada a perder neste mundo. Meu sofrimento é unicamente pelos que vivem afastados da misericórdia de Deus.

O tapete vermelho, enfim, reservado para a verdadeira e única Autoridade Suprema. A entrada da Arca da Aliança comoveu todos os presentes.

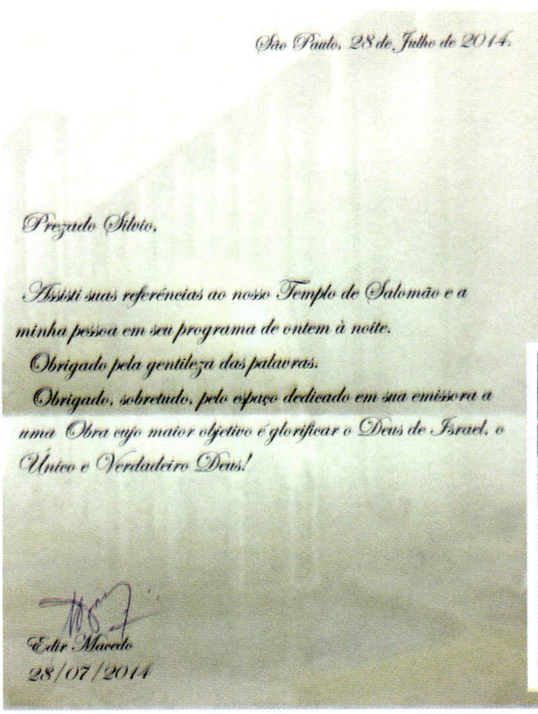

São Paulo, 28 de Julho de 2014.

Prezado Silvio,

Assisti suas referências ao nosso Templo de Salomão e a minha pessoa em seu programa de ontem à noite.

Obrigado pela gentileza das palavras.

Obrigado, sobretudo, pelo espaço dedicado em sua emissora a uma Obra cujo maior objetivo é glorificar o Deus de Israel, o Único e Verdadeiro Deus!

Edir Macedo
28/07/2014

O apresentador Silvio Santos abriu espaço em sua emissora para reconhecer o valor do Templo de Salomão. Agradeci a gentileza por meio de uma carta.

A inauguração reuniu os mais importantes veículos de comunicação do mundo, destacando os símbolos bíblicos da construção, como o Cenáculo e o Tabernáculo.

Temple in Brazil Appeals To a Surge in Evangelicals

The New York Times

Em um clima de reverência à santidade do Templo, preguei sobre o maior tesouro do ser humano: conhecer a Deus.

Meus primeiros passos no Altar

No dia 19 de julho de 2014, realizei a sagrada reunião de consagração do Templo de Salomão em uma manhã de sábado. Era a primeira vez que pisaria no Altar para pregar no Santuário.

No salão, apenas bispos e pastores do mundo inteiro, os levitas e um número reduzido de empresários. Do Brasil, milhares de homens de Deus. Do exterior, um representante de cada país onde a Universal já fincou sua bandeira de fé.

Não passa das nove da manhã. Na parede de pedras em cima do Altar, a nova inscrição: "Santidade ao Senhor". Entrei em espírito de oração. A barba branca. O kipá. O talit, xale utilizado pelos hebreus nas preces. Dobrei os meus joelhos para a primeira oração na história do Templo de Salomão. Minhas palavras traduziram o que havia dentro de mim. O momento da consagração daquele espaço sagrado de louvor e adoração:

Oh, Espírito Santo, o Senhor que unge e ungiu os Teus servos do passado, unge os Teus servos do presente.
Neste instante solene, meu Pai, venha ungir cada milímetro desse espaço de forma que todas as pessoas que entrarem neste lugar, sejam de qualquer religião, raça, cor, sexo ou idade, venham receber esta unção.
A unção que faz a diferença. A unção que dá autoridade e poder. A unção que cura os enfermos e liberta os oprimidos. A unção que transforma vidas. A unção que, sobretudo, nos guia pelo caminho da justiça e da salvação.
Que o mesmo Espírito dessa unção se estenda aos aflitos, feridos, cansados e sobrecarregados de injustiças.

Nas paredes do Templo, a iluminação das menorás nos transmite uma lição de fé. O azeite de oliva não poderia faltar nunca para o fogo não se apagar das sete taças. O Espírito Santo não pode se ausentar de nossas vidas. A primeira canção ecoada no Templo expressa o sentido da minha existência. A razão de completamente tudo:

"Eu adorarei ao Senhor da minha vida que me compreendeu sem nenhuma explicação..."

Deus me compreendeu. E me elegeu e escolheu. Somente o meu Senhor. Quando ninguém era capaz de entender o que rasgava o meu peito, Deus me entendeu e, em quase quatro décadas de existência, realizou o extraordinário na Universal e na minha vida.

Eu ergui as minhas mãos em silêncio. Apenas repeti a palavra "aleluia".

— Aleluia. Obrigado, meu Deus. Aleluia – disse, em tom quase imperceptível.

Glórias e louvor a Deus são o significado da expressão aleluia.

Na minha mente, a lembrança de uma cena vivida há décadas. Fui rejeitado ao tentar salvar uma alma quando eu ainda era recém-convertido à fé cristã.

Todos os dias, evangelizava um dos meus colegas de pré-vestibular com quem assistia às aulas. Eu nem estudava com atenção tal a ansiedade em conquistar aquela vida para o Senhor Jesus. Eu falei tantas e repetidas vezes, mas ele nunca me ouviu. Certo dia me interrompeu antes de eu começar a falar.

— Escuta aqui, Edir, cada um tem a sua religião. Segue a sua que eu sigo a minha – repreendeu-me.

A rejeição foi um golpe forte para mim. Na volta para casa, caminhando a pé, sozinho, na escuridão do Aterro do Flamengo, no Rio de Janeiro, eu chorei. Chorei tanto de soluçar. Baixinho, eu perguntava ao mesmo tempo para mim e para Deus:

— Falei da salvação da alma dele e o que eu ouço como resposta? Meu Pai, eu só queria ganhar essa pessoa para Jesus.

Sem saber, naquele momento, Deus ouviu a minha oração e viu a minha sincera intenção de ganhar almas. Olhando para trás, vejo que a Bíblia se cumpriu. Abraão desejava apenas um filho, um único herdeiro, e Deus lhe deu uma descendência inumerável como as estrelas do céu.

No passado, certa madrugada, eu também olhei para o céu estrelado buscando a promessa do Deus de Abraão. E hoje a

Universal se espalhou pelos quatro cantos da Terra, gerando um contingente incontável de vidas salvas para o Reino de Deus. A Igreja se tornou um exército gigantesco espalhado pelos quatro continentes. Milhares de pastores. Centenas de milhares de levitas, obreiros. Milhões e milhões de homens e mulheres fiéis.

Ali no Altar do Templo, as lágrimas voltaram. Só que de alegria e gratidão por tudo o que aconteceu ao longo das últimas décadas.

Como não se derramar de agradecimento ao Deus do Templo de Salomão? Como deixar de ser grato ao Deus da minha salvação?

"Espírito, Espírito, que desce como fogo...
vem como em Pentecostes e encha-me de novo."

Foram inúmeros desertos e espinhos para encerrar a construção do Santuário. As obras terminaram depois de um grande sacrifício. O Templo de Salomão está de portas abertas.

Mas o fim é apenas um novo começo. A Universal vai prosseguir avançando no Brasil e em todo o mundo sempre com novos desafios.

Um dia para sempre

A vida é efêmera. Nascemos, crescemos, construímos nosso caminho percorrido e partimos deste mundo em uma velocidade incrivelmente acelerada. Oitenta, noventa anos passam em um ritmo tão fugaz que não percebemos. E o que fica sempre são determinados instantes marcantes em nossa memória.

Penso no trajeto dos homens e mulheres da Bíblia Sagrada. Momentos em evidência na vida deles nos acompanham até os dias de hoje e se transformaram em inegáveis legados de fé.

Deus poupa o filho de Abraão de ser sacrificado e ele se torna pai de uma grande nação. Moisés foge com o povo de Israel da tirania de faraó. José reencontra os irmãos que o traíram já como governador do Egito. Davi vence o gigante

Golias. Josué vê as muralhas de Jericó desabarem. Ezequiel recebe a visão do vale de ossos secos. A hora exata do voto de confiança e fidelidade de Ana. Os discípulos veem o Senhor Jesus ressuscitado.

Acontecimentos que marcaram a vida de cada um desses heróis da fé. Para mim, contemplar a abertura do Templo de Salomão foi um desses instantes especiais.

A cerimônia oficial de inauguração, no último dia de julho de 2014, foi um marco histórico para a Igreja Universal e para minha trajetória como servo de Deus. Primeiramente, pela importância espiritual de abrir as portas do maior Santuário do país e um dos maiores do mundo e também por reunir tantas autoridades e personalidades nos assentos da nossa Igreja.

Mantive minha rotina inalterada até a hora do evento. Recebi a presidente do Brasil, Dilma Rousseff, logo no estacionamento, no início da noite. Assim que ela saiu do carro, admirada com a construção, observando os detalhes do edifício, exclamou:

— Chama a atenção de longe. É muito bonito...

Antes de iniciar o culto, tivemos uma conversa reservada. Expliquei em detalhes os significados bíblicos da obra. A presidente arregalava os olhos, surpresa, diante de cada menção.

Mais tarde, apresentei à presidente outras áreas de visitação do Templo como o Tabernáculo e o Cenáculo, onde ela demonstrou muito interesse por cada particularidade. Antes de sair, extremamente admirada, comentou:

— A Igreja construiu algo simbólico, uma representação histórica de algo maior.

Durante a reunião, ela se sentou calada e acompanhou tudo com atenção, do início ao fim. Dez mil pessoas lotaram o Santuário. E o culto seguiu com cenas surpreendentes e comoventes que jamais sairão da minha lembrança.

O suave som da orquestra.

A fachada do Templo e o Altar transformados em uma gigante tela de cinema para falar da fé genuína.

As vozes do encantador coral africano.

O cortejo da Arca da Aliança.

A multidão na rua silencia. O ressoar dos clarins.

O tapete vermelho, enfim, reservado para a verdadeira e única Autoridade Suprema.

A orquestra volta em tom solene. O hino do Templo nos acordes de harpas, violinos e outros instrumentos harmoniosos.

A entrada triunfal da Arca.

Os levitas retiram o manto que protege a Arca em um ritual sincronizado e repleto de respeito e consideração. A Esplanada está estática.

Novo silêncio. Reverência.

Difícil segurar as lágrimas. Bispos e pastores não se contêm. O povo do lado de fora também não. A presença de Deus entra no Templo.

A pregação da fé guiada pelo Espírito Santo. Um encontro jamais visto de homens e mulheres influentes recebendo a mensagem do Evangelho.

— Se eu partir hoje deste mundo, eu vou feliz. Eu não tenho nada a perder. Vivo cheio de preocupações, sim, mas não pela minha vida, mas pelos que vivem sofrendo longe de Deus — afirmei, diante do silêncio respeitoso de todos os convidados.

Antes de chamar para uma oração ao pé do Altar, falei sobre a vontade de Deus para cada alma ali presente.

— Se você se encanta pela beleza deste Templo, pela beleza dos símbolos e das representações bíblicas de tudo que está aqui, saiba que Deus deseja fazer essa mesma beleza na sua vida, no seu interior.

Nas primeiras poltronas, também acompanhando a cerimônia do início ao fim, dezenas das principais autoridades brasileiras. Representantes de todos os poderes da República: o vice-presidente do Brasil, vários ministros de Estado, o governador de São Paulo, além de outros governadores de diversos estados; o prefeito de São Paulo juntamente com vários prefeitos de importantes capitais brasileiras.

Integrantes da religião judaica e renomados empresários, personalidades, jornalistas, artistas, dirigentes e proprietários das maiores emissoras de televisão e rádio do país.

O Poder Legislativo representado pelo vice-presidente da Câmara dos Deputados, acompanhado de parlamentares do Congresso Nacional. Representantes do Judiciário como os Ministros do Supremo Tribunal Federal, do Superior Tribunal de Justiça e do Superior Tribunal

Militar. Embaixadores, juízes, promotores, procuradores e os principais agentes chefes das polícias brasileiras também estavam lá. Os mais altos escalões das Polícias Federal, Civil e Militar.

As mesmas instituições com outros dirigentes que, sem fundamento e de forma arbitrária, me jogaram na prisão em maio de 1992 e, durante anos seguidos, atacaram e perseguiram injustamente a Igreja Universal do Reino de Deus.

Impossível não fazer uma viagem no tempo. Como não lembrar da minha conversão? Do meu desejo ardente de pregar o Evangelho. O pranto da rejeição. Ser negado por vários líderes evangélicos quando minha única vontade era apenas servir a Deus. Ouvir tantos "nãos" para um sonho tão sagrado: ganhar almas.

A agonia do nascimento de Viviane. Como suportar a dor de ver uma filha com deficiência física? O sofrimento dos que vivem sem paz e alegria. O coreto. Os tempos difíceis no antigo prédio da funerária.

A compra da Record e o preço do crescimento da Igreja. Ter o nome desmoralizado e a intimidade hostilizada por até então poderosos empresários da comunicação movidos por interesses comerciais e religiosos. Ser tratado como criminoso por uma emissora de televisão, durante longos anos, dona do monopólio da informação no Brasil.

A honra ultrajada por notícias mentirosas durante décadas sem ter direito de defesa. Ser odiado por homens e mulheres de bem que sequer me conhecem, mas que, por muitas vezes, têm a opinião formada por parte da imprensa manipuladora e vil.

Jamais imaginaria que pagaria tão caro por idealizar uma obra evangelística cujo único objetivo é socorrer os desesperados.

Mas tudo isso foi sepultado pela ação do Espírito Santo. Restaram apenas recordações.

O Templo de Salomão está finalizado. Em 2015, a Igreja Universal vai concretizar 38 anos de trajetória com milhões de fiéis em mais de cem países. A Record se consolidou como um dos maiores grupos de comunicação do mundo. Eu vou completar 70 anos de vida, 50 renunciados à pregação do Evangelho. Tenho uma família feliz e uma esposa fiel e companheira.

Mas absolutamente nenhum desses bens tão preciosos me fazem um ser humano mais realizado do que a minha verdadeira riqueza: eu conheci a Deus. Minha honra, minha glória.

Diante dos mais célebres e renomados convidados e da multidão de todas as partes do mundo na abertura do Templo de Salomão, li pausadamente o trecho da Bíblia que mais mexe comigo. Mensagem que encerro este meu livro de memórias. As últimas palavras desta trilogia são de Deus. Esta é a minha vida. A minha história.

"Assim diz o Senhor: Não se glorie o sábio na sua sabedoria, nem o forte, na sua força, nem o rico, nas suas riquezas. Mas o que se gloriar, glorie-se nisto: em Me conhecer e saber que Eu sou o Senhor e faço misericórdia, juízo e justiça na Terra; porque destas coisas Me agrado, diz o Senhor"

(Jeremias 9.23,24)

Este livro foi composto em
Caslon Pro e Horley Old Style MT,
para a Editora Planeta do Brasil
em setembro de 2014.